“ある理由《りゆう》”でCRUDE PLAY《クリュード プレイ》を
デビュー前《まえ》に脱退《だったい》。
天才《てんさい》ゆえにかなり屈折《くっせつ》した性格《せいかく》で…。

カノジョは嘘を愛しすぎてる

…DE PLAY《プレイ》

…に幼《おさな》なじみ4人《にん》で結成《けっせい》された
…、秋《あき》が突然《とつぜん》メンバーから脱退《だったい》。
…が加入《かにゅう》した。

「アイツはほら
そもそもこういう売《う》れ方《かた》
したくなかった
ヤツだから…」
CRUDE PLAY
New Album "INSECTICIDE"
2013.3.27 RELEASE
All songs by AKI

秋《あき》は私《わたし》の
恋人《こいびと》でしょ？
茉莉《まり》…頼《たの》むよ。
もうこれ以上《いじょう》は
無理《むり》だ。

茉莉《まり》
日本《にほん》を代表《だいひょう》する歌姫《うたひめ》。
秋《あき》と高樹《たかぎ》の間《あいだ》で…？

秋《あき》の頭《あたま》の中《なか》に新《あたら》しいメロディが浮《う》かんでくる。
秋《あき》はそのメロディを口《くち》ずさみ始《はじ》めた。

東京月島

小《こ》枝《えだ》理《り》子《こ》
音楽《おんがく》と歌《うた》うことが大好《だいす》きな女子高生《じょしこうせい》。
CRUDE《クリュード》 PLAY《プレイ》のファン。

……ひと目《め》惚《ぼ》れって
信《しん》じますか？
――付《つ》き合《あ》い始《はじ》めたあの頃《ころ》、
僕《ぼく》はこれっぽっちも
君《きみ》のことが好《す》きじゃなかった。
全《ぜん》部《ぶ》　嘘《うそ》だった。

あたし大《たい》ファンなんです。
このAKI《アキ》って人《ひと》が作《つく》る曲《きょく》、
超《ちょう》いいんですよ！

逃《に》げます！

高樹総一郎《たかぎそういちろう》
大物音楽《おおものおんがく》プロデューサー。

篠原心也《しのはらしんや》
クリプレのベーシスト。

これから会《あ》おうよ。
今《いま》どこにいる？

…！

大事《だいじ》にする。
小枝理子《こえだりこ》を、大事《だいじ》にする。

この曲《きょく》…。

ごめん、嘘《うそ》ついてた。
僕《ぼく》の名前《なまえ》は…秋《あき》。
クリプレの
AKI《アキ》なんだ。

小笠原《おがさわら》さんは嘘《うそ》つきじゃないと思《おも》います。
だって、音楽《おんがく》を聴《き》けばわかるから。
あたしにとっては誰《だれ》よりも正直《しょうじき》な人《ひと》です。

僕《ぼく》が理子《りこ》の歌《うた》を守《まも》るから。
僕《ぼく》の歌《うた》を歌《うた》ってほしいんだ。

まさか秋《あき》君《くん》のカノジョだったなんてね。
渡《わた》さないよ、君《きみ》には。

一回《いっかい》聴《き》くだけでいい。

秋《あき》はMUSH《マッシュ》 &《アンド》 Co.《コー》のデモが入《はい》ったCD-R《シーディーアール》を差《さ》し出《だ》すが…

僕《ぼく》は君《ぼく》のことなんて
少《すこ》しも好《す》きじゃない。

理子《りこ》は理子《りこ》の歌《うた》を歌《うた》え。

そして　MUSH《マッシュ》 &《アンド》 Co.《コー》デビューLIVE《ライブ》

飛《と》べ…！

嘘《うそ》ばかりつく僕《ぼく》のことを、
カノジョは〝正直《しょうじき》な人《ひと》だ〟って言《い》うんだ。

笑《わら》って僕《ぼく》の嘘《うそ》に気《き》づかぬふりをするカノジョに
……僕《ぼく》は一生《いっしょう》かなわない。

カノジョは嘘を愛しすぎてる

プロローグ

——あの頃《ころ》の僕《ぼく》は、大体《だいたい》が不機嫌《ふきげん》だった。

それが言《い》い訳《わけ》になるとは、もちろん思《おも》わないけれど。

……そう、多分普通《たぶんふつう》は、カノジョと出会《であ》ったのは運命《うんめい》だったとか、特別《とくべつ》な何《なに》かを感《かん》じたとか……。嘘《うそ》でもそんなふうに言《い》うのかもしれない。

けど。

そんなことは言《い》えない。

僕《ぼく》には言《い》えない。

だってカノジョと付《つ》き合《あ》い始《はじ》めたあの頃《ころ》——

僕《ぼく》はカノジョのこと、これっぽっちも好《す》きじゃなかった。

全部《ぜんぶ》……嘘《うそ》だった。

1　嘘《うそ》の始《はじ》まり

——五年前《ごねんまえ》。それはまだ学生服《がくせいふく》を着《き》ていた青《あお》い頃《ころ》。教室《きょうしつ》にギターやベースを持《も》ち込《こ》んで、たくさんの生徒達《せいとたち》が集《あつ》まる中《なか》で行《おこな》われた『CRUDE《クリュード》 PLAY《プレイ》 卒業《そつぎょう》ライブ』。

CRUDE《クリュード》 PLAY《プレイ》のボーカル&《アンド》ギターを担当《たんとう》しているのは校内《こうない》でもイケメンで有名《ゆうめい》な坂口瞬《さかぐちしゅん》。

ドラムスは矢崎哲平《やざきてっぺい》。ギターは大野薫《おおのかおる》。それからベースを担当《たんとう》している小笠原秋《おがさわらあき》は、ライブの演奏曲《えんそうきょく》『卒業《そつぎょう》』を作詞作曲《さくしさっきょく》した本人《ほんにん》でもある。

四人《よにん》は幼《おさな》なじみであり、一緒《いっしょ》に色々《いろいろ》やんちゃした悪友同士《あくゆうどうし》でもあった。

卒業《そつぎょう》ライブは大成功《だいせいこう》だった。秋《あき》も、瞬《しゅん》も、哲平《てっぺい》も、薫《かおる》も、自分《じぶん》が担当《たんとう》する楽器《がっき》を弾《ひ》きながら、最高《さいこう》の笑顔《えがお》で弾《はじ》けていた。キラキラして、ワクワクして、ドキドキして、高校生活《こうこうせいかつ》の全《すべ》てを締《し》めくくるにふさわしいライブ。

だけどそれから五年《ごねん》の月日《つきひ》が流《なが》れて——CRUDE《クリュード》 PLAY《プレイ》は変《か》わってしまった。

全《すべ》ての曲《きょく》を作詞作曲《さくしさっきょく》する秋《あき》の立場《たちば》も。メインボーカルの瞬《しゅん》や他《ほか》のメンバー達《たち》をめぐる人間関係《にんげんかんけい》、環境《かんきょう》、全《すべ》て——何《なに》もかもが。

CRUDE《クリュード》 PLAY《プレイ》——略《りゃく》してクリプレは、今《いま》や日本全国《にほんぜんこく》知《し》らない人間《にんげん》がいないほど有名《ゆうめい》なバンドに成長《せいちょう》した。

ライブを開《ひら》けばいつも超満員《ちょうまんいん》。チケットは即《そく》ソールドアウト。黒《くろ》スーツを華麗《かれい》に着《き》こなした瞬《しゅん》がマイクを握《にぎ》れば、たちまち女性客《じょせいきゃく》から黄色《きいろ》い声《こえ》が上《あ》がる。

そして昔秋《むかしあき》が立《た》っていた場所《ばしょ》には、別《べつ》の人物《じんぶつ》——篠原心也《しのはらしんや》が立《た》っている。

楽曲《がっきょく》『INSECTICIDE《インセクティサイド》』のメロディが流《なが》れると、会場内《かいじょうない》は再《ふた》び大《おお》きな歓声《かんせい》と熱《ねっ》狂《きょう》の渦《うず》に包《つつ》まれた。だけどやっぱり、そこに秋《あき》の姿《すがた》はなかった。


「あ、クリプレだ！」

渋谷《しぶや》のスクランブル交差点《こうさてん》を歩《ある》いていた小枝理子《こえだりこ》の視線《しせん》は、街頭《がいとう》ビジョンに映《うつ》るクリプレのライブ映像《えいぞう》に釘付《くぎづ》けになった。理子《りこ》はふんわりとしたマッシュルームヘアと、首《くび》にかけた大《おお》きなヘッドフォンが特徴的《とくちょうてき》な女子高生《じょしこうせい》だ。

「どーしよ、超泣《ちょうな》きそう……」

理子《りこ》はビジョンから流《なが》れるクリプレの曲《きょく》を聴《き》きながら、思《おも》わず涙《なみだ》ぐむ。

クリプレ三枚目《さんまいめ》のアルバム『INSECTICIDE《インセクティサイド》』はカウントダウン番組《ばんぐみ》で、見事《みごと》アルバムチャート一位《いちい》を獲得《かくとく》。作詞作曲《さくしさっきょく》を担当《たんとう》しているのは元《もと》クリプレメンバーのAKI《アキ》だという。理子《りこ》はクリプレとAKI《アキ》の作《つく》る曲《きょく》の大《だい》ファンなのだ。

「理子《りこ》、行《い》くぞ！」

理子《りこ》のクラスメイトで、大《おお》きなギターを背負《せお》った君嶋祐一《きみじまゆういち》が理子《りこ》の名《な》を呼《よ》んだ。その後《うし》ろにいるのは山崎蒼太《やまざきそうた》。二人《ふたり》とも理子《りこ》の近所《きんじょ》に住《す》む、大事《だいじ》な幼《おさな》なじみだ。

「うん！」

理子《りこ》は目尻《めじり》ににじむ涙《なみだ》を拭《ぬぐ》って、笑顔《えがお》で祐一《ゆういち》や蒼太《そうた》のもとへと駆《か》け寄《よ》った。

この時《とき》、平凡《へいぼん》な女子高生《じょしこうせい》である理子《りこ》にとって、クリプレも、クリプレに曲《きょく》を提供《ていきょう》しているAKI《アキ》も、雲《くも》の上《うえ》のような存在《そんざい》だった。手《て》の届《とど》くはずがない人《ひと》……だったのだ。


その頃《ころ》、都会《とかい》の高層《こうそう》ビルの屋上《おくじょう》に、秋《あき》は一人《ひとり》で立《た》っていた。強《つよ》く吹《ふ》く風《かぜ》の中《なか》で東京《とうきょう》の街《まち》並《な》みを見下《みお》ろしていると、突然《とつぜん》スマホに『上《うえ》を見《み》よ』というメッセージが入《はい》る。指示通《しじどお》り頭上《ずじょう》を見《み》れば、巨大《きょだい》な影《かげ》が秋《あき》の視界《しかい》を覆《おお》った。

「勘弁《かんべん》してよ……。激《はげ》しくダサいよ」

秋《あき》が目《め》にしたのは、ビルの屋上《おくじょう》に降《お》りてくる一機《いっき》のヘリコプターだった。ガチャンと大《おお》きくドアが開《ひら》き、中《なか》からスーツを着《き》こなした瞬《しゅん》、薫《かおる》、哲平《てっぺい》、心也《しんや》が降《お》りてくる。

「よ、迎《むか》えに来《き》たぜ」

「ヘリでくんなよ」

秋《あき》は一番《いちばん》に声《こえ》をかけてきた瞬《しゅん》に仏頂面《ぶっちょうづら》で答《こた》えた。瞬《しゅん》や哲平《てっぺい》、薫達《かおるたち》は、嬉《うれ》しそうに秋《あき》の周《まわ》りに集《あつ》まり、その肩《かた》を親《した》しげに抱《だ》く。パタパタと高速《こうそく》で回《まわ》るヘリコプターの羽根《はね》は、大《おお》きな風《かぜ》を巻《ま》き起《お》こしていた。

「リムジンのがよかった？」

「タクシーで充分《じゅうぶん》」

「お祝《いわ》いなんだからいいじゃん」

「そうそう。それに秋《あき》もヘリが大好《だいす》きなくせに」

「僕《ぼく》が好《す》きなのはラジコンヘリですから」

「〝僕《ぼく》が好《す》きなのはラジコンヘリですから〟」

「瞬《しゅん》のモノマネ、超似《ちょうに》てるー」

「……帰《かえ》る」

ふてくされて引《ひ》き返《かえ》そうとする秋《あき》を、瞬達《しゅんたち》は笑《わら》いながら引《ひ》き止《と》めた。彼《かれ》らの間《あいだ》には幼《おさな》じみという強《つよ》い絆《きずな》がある。

だけど、秋達《あきたち》の様子《ようす》を冷《さ》めた目《め》で見《み》ている人間《にんげん》がいた。

秋《あき》の代《か》わりに途中《とちゅう》からクリプレメンバーとなった心也《しんや》だ。

「……じゃ、僕《ぼく》はここで」

「心也《しんや》？」

「だってそれ、四人乗《よにんの》りなんで。後《あと》は幼《おさな》なじみで楽《たの》しんでください。僕《ぼく》は先《さき》にパーティー会場《かいじょう》に行《い》ってますよ」

「……」

心也《しんや》は一人《ひとり》みんなの輪《わ》から外《はず》れて、屋上《おくじょう》を立《た》ち去《さ》っていった。その背中《せなか》を見送《みおく》った後《あと》、秋《あき》はなんだか心也《しんや》に対《たい》して申《もう》し訳《わけ》ない気持《きも》ちになって、思《おも》わず仲間達《なかまたち》をきつくにらんでしまう。

「おい、瞬《しゅん》」

「まーまー、秋《あき》が怒《おこ》るのはもっともですけど。こっちも気遣《きづか》ってわざとやってるんで。心《しん》也《や》は心也《しんや》でいづらいだろうし」

「……」

「いいから乗《の》れよ、秋《あき》。一緒《いっしょ》に祝《いわ》おうぜ、アルバムV3達成《ブイスリーたっせい》」

瞬《しゅん》は口《くち》の端《はし》を上《あ》げて笑《え》みを浮《う》かべると、秋《あき》を強引《ごういん》にヘリコプターに乗《の》せた。

「カンパーーイ！」

ヘリコプターから東京《とうきょう》の夜景《やけい》を見下《みお》ろしながら、四人《よにん》は乾杯《かんぱい》した。まるで一瞬《いっしゅん》だけ楽《たの》しかった高校時代《こうこうじだい》に戻《もど》ったかのようで、秋《あき》の頬《ほお》もついつい緩《ゆる》みそうになる。

けれど次《つぎ》の瞬間《しゅんかん》には我《われ》に返《かえ》って、結局《けっきょく》またふてくされた表情《ひょうじょう》に戻《もど》ってしまうのだ。

——どうして僕《ぼく》はこんなにいつも不機嫌《ふきげん》なんだろう……。

その理由《りゆう》、実《じつ》は秋自身《あきじしん》にもよくわからなかった。


それからヘリコプターで東京上空《とうきょうじょうくう》を一周《いっしゅう》してから、秋達《あきたち》はお祝《いわ》いパーティーが開《ひら》かれるホテルへと向《む》かった。

……と同時《どうじ》に、ホテル前《まえ》に一台《いちだい》のバンが乗《の》りつけられ、その中《なか》からタキシードを軽《かる》く着《き》崩《くず》した高樹総一郎《たかぎそういちろう》プロデューサーが現《あらわ》れる。高樹《たかぎ》はかつてアマチュアバンドだったクリプレをメジャーデビューさせた、敏腕音楽《びんわんおんがく》プロデューサーだ。

「よ。スタッフみんな、早《はや》くお前達《まえたち》を祝《いわ》いたがってるぞ。秋《あき》、お前《まえ》のこともな」

「……」

クリプレがアルバムV3《ブイスリー》を達成《たっせい》したのがよほど嬉《うれ》しいのか、高樹《たかぎ》は余裕《よゆう》たっぷりに話《はな》しかけてくる。しかし秋《あき》の態度《たいど》はひどく冷《さ》めていた。

「……瞬《しゅん》、ありがと。今日《きょう》は楽《たの》しかったよ」

「パーティー、行《い》かねーのか？」

「ああ」

秋《あき》はそのまま、高樹《たかぎ》を無視《むし》して前《まえ》を通《とお》り過《す》ぎようとする。高樹《たかぎ》は高樹《たかぎ》で秋《あき》の行動《こうどう》などとっくに予想済《よそうず》みだったのか、

「世界平和《せかいへいわ》、書《か》けたか？」

「……！」

と、わざと挑発的《ちょうはつてき》な笑《え》みを浮《う》かべた。秋《あき》はその質問《しつもん》に答《こた》えることなく、一人《ひとり》ホテルを立《た》ち去《さ》っていく。

「……で、うちの天才君《てんさいくん》は、今度《こんど》は何《なん》で悩《なや》んでんの？」

「アイツはほら、そもそもこういう売《う》れ方《かた》したくなかった奴《やつ》だから……」

秋《あき》の背中《せなか》を見送《みおく》りながら、哲平《てっぺい》の質問《しつもん》に答《こた》える瞬《しゅん》。もちろんプロデューサーである高樹《たかぎ》にしてみれば、秋《あき》が抱《かか》える悩《なや》みなど甘《あま》っちょろいものでしかない。

「音楽《おんがく》なんて、売《う》れなきゃ意味《いみ》がねーんだよ……」

「秋《あき》はヤなんだよ。消費《しょうひ》されてくことが……」

それでもやはり瞬《しゅん》は、秋《あき》に対《たい》し同情的《どうじょうてき》だった。

今《いま》の世《よ》の中《なか》は、いつでも、どこでも、簡単《かんたん》に音楽《おんがく》が手《て》に入《はい》る世界《せかい》だから。


「ね、クリプレのアルバム買《か》った？」

「ううん、でもネットで聴《き》いたよー」

「そうそう、全曲上《ぜんきょくあ》がってたもんね」

自宅《じたく》に帰《かえ》る途中《とちゅう》、秋《あき》は渋谷駅《しぶやえき》のホームでそんな女子高生達《じょしこうせいたち》の何気《なにげ》ない会話《かいわ》に耳《みみ》を傾《かたむ》けていた。電車《でんしゃ》を待《ま》つサラリーマンやOL《オーエル》も、スマホで気《き》に入《い》った音楽《おんがく》や動画《どうが》をダウンロードしている。

それが悪《わる》い——と、秋《あき》は思《おも》わない。でもその軽《かる》さが、音楽《おんがく》をただ消費《しょうひ》されてゆくだけのものにしている。そんな気《き》が、していた。

でも電車内《でんしゃない》にアイドルグループの吊《つ》り広告《こうこく》が飾《かざ》られているように、消費世界《しょうひせかい》に向《む》けた音《おん》楽《がく》の売《う》り方《かた》も確実《かくじつ》にあって。

秋《あき》が高校《こうこう》の教室《きょうしつ》で友達《ともだち》のために作《つく》った曲《きょく》は、いつの間《ま》にかヒットチャートを賑《にぎ》わすようになり——気《き》づけば秋達《あきたち》は、全《すべ》てを手《て》にしていた。


秋《あき》が一人暮《ひとりぐ》らししているマンションは隅田川沿《すみだがわぞ》いにある。倉庫《そうこ》を改造《かいぞう》したような、様々《さまざま》なものが溢《あふ》れるマンション。それも秋《あき》がこの五年《ごねん》の間《あいだ》に手《て》に入《い》れたものだ。

専用《せんよう》エレベーターを降《お》りると、秋《あき》の自宅兼作曲《じたくけんさっきょく》スペースに直結《ちょっけつ》するようになっている。

部屋《へや》には最新《さいしん》の機材《きざい》が並《なら》べられていて、ちょっとしたレコーディングスタジオ並《な》みだ。

秋《あき》はモニターに貼《は》っていた世界平和《せかいへいわ》をテーマにした歌詞《かし》をくしゃくしゃに丸《まる》めて、ゴミ箱《ばこ》に捨《す》てた。高樹《たかぎ》に頼《たの》まれて書《か》いていた曲《きょく》だが、もともと世界平和《せかいへいわ》なんて大《だい》それたテーマを書《か》く気《き》なんてないし、書《か》きたくもない。

それでもなんとか気《き》を取《と》り直《なお》して、秋《あき》は新《あたら》しい曲作《きょくづく》りに取《と》りかかった。PC《ピーシー》に向《む》かい、ヘッドフォンをかけ、買《か》ってきたチョコレートを口《くち》に運《はこ》ぶ。他人《たにん》から見《み》れば、今《いま》の秋《あき》の環《かん》境《きょう》は恵《めぐ》まれているだろう。誰《だれ》もが欲《ほ》しがる地位《ちい》、名声《めいせい》、富《とみ》を、秋《あき》はこの年《とし》で手《て》に入《い》れたのだ。

——だけどなぜだろう？　何《なに》も持《も》っていなかった頃《ころ》より、僕《ぼく》はカラッポだ……。

秋《あき》は漠然《ばくぜん》と、そんなふうに感《かん》じていた。

もしかしたら、本当《ほんとう》に欲《ほ》しかったものは、最初《さいしょ》から何一《なにひと》つ持《も》っていなかったからかもしれない。

秋《あき》は、部屋《へや》の隅《すみ》に置《お》いてある古《ふる》い一本《いっぽん》のベースに視線《しせん》を移《うつ》した。今《いま》から十二年前《じゅうにねんまえ》に手《て》に入《い》れたベース——ミュージックマン・スティングレイ。あの頃《ころ》は、ただ大好《だいす》きなベースを弾《ひ》くだけで心《こころ》は満《み》たされていた。なのに今《いま》の秋《あき》は、あの感覚《かんかく》を全《まった》く思《おも》い出《だ》せなくなっていた。

長《なが》い長《なが》い夜《よる》が明《あ》け、東《ひがし》の空《そら》が朝焼《あさや》けで輝《かがや》き出《だ》した頃《ころ》、秋《あき》の作曲《さっきょく》は終《お》わった。徹夜《てつや》して作《つく》った曲《きょく》に、『サヨナラ』という仮《かり》タイトルをつけて、ヘッドフォンを外《はず》す。うーんと背伸《せの》びをすると、突然背後《とつぜんはいご》で人《ひと》の気配《けはい》がした。

「できた？　私《わたし》の曲《きょく》」

「⁉」

秋《あき》が驚《おどろ》いて振《ふ》り返《かえ》ると、すぐ後《うし》ろのソファベッドに下着姿《したぎすがた》の茉莉《まり》がいた。どうやらいつの間《ま》にか秋《あき》の自宅《じたく》に上《あ》がり込《こ》み、ソファで寝《ね》ていたようだ。秋《あき》はふぅ、と息《いき》を吐《は》き出《だ》す。

「……来《き》てたんなら声《こえ》かけてよ」

「かけた、何度《なんど》も」

「……言《い》ったよね、もう二度《にど》と高樹《たかぎ》のゴーストはやらないって」

「秋《あき》は私《わたし》の恋人《こいびと》でしょ？」

茉莉《まり》はウェーブのかかった長《なが》い髪《かみ》を揺《ゆ》らしながら秋《あき》に近《ちか》づくと、椅子《いす》に座《すわ》ったままの秋《あき》を自分《じぶん》の胸元《むなもと》に抱《だ》き寄《よ》せた。美《うつく》しいネイルカラーで飾《かざ》った茉莉《まり》の細《ほそ》い指《ゆび》が秋《あき》の髪《かみ》を撫《な》でるたび、秋《あき》の表情《ひょうじょう》が歪《ゆが》んでいく。

「茉莉《まり》……茉莉《まり》……頼《たの》むよ。もうこれ以上《いじょう》は無理《むり》だ」

「何《なに》が？」

「お前《まえ》がアイツと抱《だ》き合《あ》ってるとこ想像《そうぞう》するだけで、気《き》が狂《くる》いそうになる」

「！」

秋《あき》が泣《な》き出《だ》しそうな声《こえ》で訴《うった》えると、秋《あき》の髪《かみ》を撫《な》でる茉莉《まり》の手《て》も止《と》まった。

「なに言《い》ってるの」

「知《し》ってんだよ。気《き》づかないわけないだろ」

「……」

「もう限界《げんかい》なんだ」

「……子供《こども》みたいなこと、言《い》わないで」

「合鍵《あいかぎ》は置《お》いてって」

秋《あき》は茉莉《まり》の手《て》を振《ふ》り切《き》ると、近《ちか》くにあったラジコンヘリを手《て》に取《と》って外《そと》に出《で》た。

早朝《そうちょう》の隅田川沿《すみだがわぞ》いの舗道《ほどう》には、秋以外誰《あきいがいだれ》もいなかった。

ブーンという音《おと》を立《た》てて飛《と》ぶのは、秋《あき》が操作《そうさ》するラジコンヘリ。

何気《なにげ》なく向《む》かいの岸《きし》に目《め》をやれば、茉莉《まり》のシングル『YOU《ユー》』の広告《こうこく》が目《め》に入《はい》る。

……そう、先《さき》ほど秋《あき》のマンションを訪《たず》ねてきた茉莉《まり》は、今《いま》の音楽界《おんがくかい》を代表《だいひょう》する一流女性《いちりゅうじょせい》シンガーなのだ。そして彼女《かのじょ》をプロデュースしたのはあの高樹総一郎《たかぎそういちろう》。秋《あき》はいつからか気《き》づいていた。自分《じぶん》の恋人《こいびと》である茉莉《まり》が、高樹《たかぎ》とも繋《つな》がっていたことに。

——茉莉《まり》は自分《じぶん》と高樹《たかぎ》を二股《ふたまた》にかけていた……。

その事実《じじつ》を思《おも》うとまた胸《むね》が苦《くる》しくなって、秋《あき》は咄嗟《とっさ》に目《め》を閉《と》じた。

「あ」

次《つぎ》の瞬間《しゅんかん》、ガシャンッと派手《はで》な音《おと》が聞《き》こえた。操作《そうさ》を誤《あやま》ったせいで、ラジコンヘリが地《ち》上《じょう》に墜落《ついらく》してしまったのだ。むしゃくしゃした秋《あき》はリモコンを地面《じめん》に叩《たた》きつけようと腕《うで》を振《ふ》り上《あ》げるが、すぐに脱力《だつりょく》してその場《ば》にしゃがみこんでしまう。

「だっせえ……」

ハハ………と秋《あき》は力《ちから》なく苦笑《くしょう》した。しかもこんな情《なさ》けなくて悲《かな》しい時《とき》ほど、なぜか頭《あたま》の中《なか》に新《あたら》しいメロディが浮《う》かんでくる。

「♪瞬間《しゅんかん》で恋《こい》に落《お》ちた……僕《ぼく》を君《きみ》は……あざ笑《わら》っていたんだろう……」

秋《あき》はそのメロディを逃《に》がさないようにと、無意識《むいしき》に口《くち》ずさみ始《はじ》めた。未完成《みかんせい》ながらも切《せつ》なく悲《かな》しい旋律《せんりつ》。今生《いまう》まれたばかりの音楽《おんがく》は、秋《あき》の心《こころ》そのものだ。

「♪どうして……出会《であ》ってしまった……」

「……」

まぶしい朝日《あさひ》がにじむ中《なか》——秋《あき》の鼻歌《はなうた》に熱心《ねっしん》に耳《みみ》を傾《かたむ》ける少女《しょうじょ》が、いた。

それは……小枝理子《こえだりこ》。実家《じっか》の青果店《せいかてん》の朝《あさ》の配達《はいたつ》の途中《とちゅう》、理子《りこ》は偶然《ぐうぜん》にもこの隅田川沿《すみだがわぞ》いの舗道《ほどう》で秋《あき》の姿《すがた》を見《み》かけた。

何《なに》より心惹《こころひ》かれたのは、秋《あき》が口《くち》ずさむ切《せつ》ないメロディ。

今《いま》にも光《ひかり》の中《なか》に溶《と》けていきそうな秋《あき》と、彼《かれ》の鼻歌《はなうた》を聴《き》いているうちに、理子《りこ》の胸《むね》も苦《くる》しいくらいに締《し》めつけられた。

対《たい》して秋《あき》は、鼻歌《はなうた》を歌《うた》うことに集中《しゅうちゅう》しているのか、理子《りこ》の接近《せっきん》に気《き》づかない。

「……と、あーーっ！」

「!?」

次《つぎ》の瞬間《しゅんかん》、理子《りこ》は秋《あき》の歌《うた》に聴《き》き惚《ほ》れるあまり、派手《はで》に自転車《じてんしゃ》を倒《たお》してしまった。かごに積《つ》んでいた段《だん》ボールから野菜《やさい》がバラバラと落《お》ち、そのうちの一《ひと》つ、マッシュルームが秋《あき》の足元《あしもと》に転《ころ》がっていく。

その時《とき》、理子《りこ》の澄《す》んだ声《こえ》が耳元《みみもと》をふわりと撫《な》でて、秋《あき》は反射的《はんしゃてき》に振《ふ》り向《む》いた。

「……？」

「す、すいませ……っ」

マッシュルームを拾《ひろ》い上《あ》げる秋《あき》と、彼《かれ》に近《ちか》づいた理子《りこ》の視線《しせん》が……不意《ふい》に重《かさ》なる。理子《りこ》は近《ちか》くで秋《あき》の顔《かお》を確認《かくにん》して、今度《こんど》はそのカッコよさに見《み》とれてしまう。

（うわっ、キレイな人《ひと》ーーー！）

朝陽《あさひ》が逆光《ぎゃっこう》になる中《なか》、秋《あき》の透明感《とうめいかん》のある顔立《かおだ》ちに、理子《りこ》は思《おも》わず言葉《ことば》を失《うしな》った。

秋《あき》と理子《りこ》の出会《であ》い――

これは多分《たぶん》、単《たん》なるすれ違《ちが》いで終《お》わるはずの偶然《ぐうぜん》だった。別世界《べっせかい》に暮《く》らす二人《ふたり》は、元々《もともと》交《まじ》わるはずのない赤《あか》の他人《たにん》だった。

だけどこの頃《ごろ》、秋《あき》はなぜか終始《しゅうし》不機嫌《ふきげん》で。

自分《じぶん》の作《つく》る音楽《おんがく》のこと。

恩人《おんじん》であるはずの高樹《たかぎ》プロデューサーとの確執《かくしつ》。

恋人《こいびと》の茉莉《まり》との別《わか》れ。

とにかく色々《いろいろ》なことが重《かさ》なって、苦《くる》しくて、何《なに》かにすがりたかった。

だから正直《しょうじき》、理子《りこ》に声《こえ》をかけたのも単《たん》なるきまぐれで。

――ぶっちゃけ、誰《だれ》でもよかったのだ。

「……ひと目惚《めぼ》れって信《しん》じますか？」

「……へ？　えと、え？　あの……」

気《き》づけば秋《あき》は拾《ひろ》ったマッシュルームを目《め》の前《まえ》の女《おんな》の子《こ》の姿《すがた》に重《かさ》ねて、そう口《くち》にしていた。

突然《とつぜん》見知《みし》らぬ男《おとこ》にナンパされた理子《りこ》は、目《め》をパチパチさせて面食《めんく》らう。

「あ、や、すみません。冗談《じょうだん》なんですけど。っていうかここ、失笑《しっしょう》が前提《ぜんてい》なんですけど」

「は、はあ……」

「突然《とつぜん》ワケわかんないこと言《い》ってくる人《ひと》と、まともに話《はな》さない方《ほう》がいいですよ。じゃ」

もちろん秋《あき》の方《ほう》も自分《じぶん》がカッコ悪《わる》いことに気《き》づき、慌《あわ》てて踵《きびす》を返《かえ》した。女《おんな》の子《こ》をナンパするにしても、もっとイケてるセリフが他《ほか》にあっただろうに。

「あ、あの、信《しん》じますっ！」

「…………………………え」

「だってあたし今《いま》、ひと目惚《めぼ》れしちゃったです！」

「は!?」

早足《はやあし》で立《た》ち去《さ》ろうとする秋《あき》を、理子《りこ》は慌《あわ》てて呼《よ》び止《と》めた。顔《かお》どころか耳《みみ》まで真《ま》っ赤《か》にして、必死《ひっし》に秋《あき》の袖《そで》をつかむ。

「ひと目惚《めぼ》れっていうか、今《いま》の鼻歌《はなうた》……」

「鼻歌《はなうた》？」

「鳥肌《とりはだ》たった……」

「！」

理子《りこ》はまっすぐに秋《あき》を見《み》つめた。それは恐《おそ》れを知《し》らない無垢《むく》な瞳《ひとみ》。

「名前《なまえ》、教《おし》えてください。あたしは小枝理子《こえだりこ》です」

「……」

秋《あき》もまた、一瞬《いっしゅん》理子《りこ》の眼差《まなざ》しの強《つよ》さに惹《ひ》かれた。だからかもしれない。彼女《かのじょ》の質問《しつもん》に答《こた》えてしまったのは。

「……シンヤ」

これが、秋《あき》の最初《さいしょ》の――嘘《うそ》。

「小笠原《おがさわら》、シンヤ」

「……小笠原《おがさわら》、シンヤ、さん……」

シンヤ――と秋《あき》が教《おし》えた嘘《うそ》の名《な》を、理子《りこ》は嬉《うれ》しそうに繰《く》り返《かえ》した。

秋《あき》は苦笑《くしょう》した。

付《つ》き合《あ》い始《はじ》めたあの頃《ころ》、僕《ぼく》はこれっぽっちも君《きみ》のことが好《す》きじゃなかった。
……全部《ぜんぶ》、嘘《うそ》だった。
だけど嘘《うそ》ばかりつく僕《ぼく》のことを、カノジョは〝正直《しょうじき》な人《ひと》だ〟って言《い》うんだ。

2 歌《うた》う女《おんな》

カシャカシャとカメラのシャッター音《おん》が響《ひび》いていた。クリプレは音楽雑誌《おんがくざっし》の取材《しゅざい》と、そのための写真撮影《しゃしんさつえい》の真《ま》っ最中《さいちゅう》。薫《かおる》がカメラの前《まえ》でポーズを取《と》っている間《あいだ》、心也《しんや》は女性記者《じょせいきしゃ》から質問《しつもん》を受《う》けていた。

「ということは、心也《しんや》さんだけ幼《おさな》なじみじゃなくて、後《あと》からクリプレに加入《かにゅう》したと」

「元々《もともと》のベーシストだったAKI《アキ》君《くん》がデビュー直前《ちょくぜん》にヘソを曲《ま》げちゃったんですよ。その穴埋《あなう》めが僕《ぼく》ってわけです」

足《あし》をななめに組《く》みながらインタビューに答《こた》える心也《しんや》。その声《こえ》は、淡々《たんたん》としている。

「ちなみに、どういった理由《りゆう》でヘソを……その……」

「まぁその原因《げんいん》も僕《ぼく》だったりするんですけど」

「おい、心也《しんや》」

インタビューに横槍《よこやり》を入《い》れたのは、カメラの前《まえ》に立《た》っていた薫《かおる》だ。視線《しせん》でもきつくたしなめられ、心也《しんや》は小《ちい》さく肩《かた》をすくめる。

「冗談《じょうだん》ですよ、薫君《かおるくん》。でもそこで僕《ぼく》を止《と》めに入《はい》ると、かえって冗談《じょうだん》に聞《き》こえなくなりますよ？」

そんな二人《ふたり》のやり取《と》りを前《まえ》にして、女性記者《じょせいきしゃ》は困《こま》ったように視線《しせん》を泳《およ》がせていた。

ちなみに緊迫《きんぱく》した会話《かいわ》の向《む》こうで、瞬《しゅん》は秋《あき》とスマホで会話中《かいわちゅう》だった。

「はぁ？　なんだって、秋《あき》？　女子高生《じょしこうせい》をナンパした⁉」

「そう、今《いま》からデート」

秋《あき》はバルコニーで瞬《しゅん》の質問《しつもん》に答《こた》えた。ふと何気《なにげ》なく植栽《しょくさい》を見《み》ると、いつの間《ま》にか蝶《ちょう》のさなぎが枝《えだ》にぶら下《さ》がっている。

『で、どんな子《こ》よ』

「なんか……キノコみたいな、マッシュルームみたいな」

『なんだそれ？』

秋《あき》は部屋《へや》に戻《もど》り、出《で》かける用意《ようい》をしながら、PC《ピーシー》をチェックした。『サヨナラ（仮《かり》）』のデモのアップロードが完了《かんりょう》していることを確認《かくにん》してから、電源《でんげん》を落《お》とす。

「髪型《かみがた》だよ。確《たし》か名前《なまえ》は小枝《こえだ》……なんつったかな。とにかく近所《きんじょ》の八百屋《やおや》さんの子《こ》」

『それまたずいぶん近場《ちかば》で……』

スマホの向《む》こうの瞬《しゅん》は、呆《あき》れているようだ。その時《とき》、背後《はいご》にいるスタッフから『瞬《しゅん》さん、スタンバイお願《ねが》いします！』と言《い》う声《こえ》がかかった。

『あーハイハイ。今行《いまい》きます。じゃあ、秋《あき》。あんま無茶《むちゃ》すんなよ』

「大丈夫《だいじょうぶ》。頑張《がんば》って頑張《がんば》って、カノジョをムチャクチャ好《す》きになれるよう努力《どりょく》するから。じゃ」

秋《あき》は玄関《げんかん》で靴《くつ》を履《は》き、まるで自分《じぶん》に言《い》い聞《き》かせるようにして電話《でんわ》を切《き》る。

さらにドアを開《ひら》いた瞬間《しゅんかん》——

「相手《あいて》が可哀想《かわいそう》だろ」

「！」

と、突然《とつぜん》高樹《たかぎ》が玄関《げんかん》に入《はい》ってきた。秋《あき》は一気《いっき》に脱力《だつりょく》する。

「……勘弁《かんべん》」

何《なん》でここにいるの、という疑問《ぎもん》は口《くち》に出《だ》さなかった。高樹《たかぎ》の行動《こうどう》は、いつだって秋《あき》には予測不可能《よそくふかのう》だ。

「雇《やと》い主《ぬし》としちゃ把握《はあく》しとかないとな」

「プライベートと仕事《しごと》は分《わ》けることにしたんだ」

「そんなことできるわけねーだろ。お前《まえ》の価値観《かちかん》のド真《ま》ん中《なか》に音楽《おんがく》があんのに」

「音楽《おんがく》と関係《かんけい》のない繋《つな》がりが欲《ほ》しいんだよ」

秋《あき》はふてくされて高樹《たかぎ》の前《まえ》を通《とお》り過《す》ぎようとする。

「その新《あたら》しい女《おんな》だってお前《まえ》をクリプレのＡＫＩ《アキ》としか見《み》ないはずだ」

「僕《ぼく》がＡＫＩ《アキ》だなんて言《い》ってないし、言《い》うつもりもないから」

「ほぉー。いつまでそうしてられるか見物《みもの》だね」

高樹《たかぎ》は秋《あき》の背中《せなか》を見送《みおく》りながら、肩《かた》を揺《ゆ》らして笑《わら》う。秋《あき》はそんな彼《かれ》を振《ふ》り返《かえ》り、

「高樹《たかぎ》さん、そのまま家帰《いえかえ》るつもりなら、やめた方《ほう》がいいですよ」

「？」

「あんたの服《ふく》、茉莉《まり》のクロエの香水《こうすい》の匂《にお》いが残《のこ》ってる」

「……」

と、反撃《はんげき》してやった。なにせ高樹《たかぎ》には妻子《さいし》がいる。茉莉《まり》との恋愛《れんあい》は明《あき》らかに不倫《ふりん》だ。

秋《あき》は心《こころ》の中《なか》でざまあみろと舌《した》を出《だ》して、まっすぐエレベーターに向《む》かった。


「やっべ、あの子《こ》、どんな顔《かお》してたっけ」

秋《あき》と理子《りこ》が初《はつ》デートの待《ま》ち合《あ》わせをしたのは、渋谷《しぶや》のタワーレコード店《てん》だった。だけど理子《りこ》の顔《かお》などろくに覚《おぼ》えていない秋《あき》は、困《こま》ったように店内《てんない》を見回《みまわ》す。近《ちか》くのクリプレのブースからは、女子高生達《じょしこうせいたち》のたわいない会話《かいわ》が聞《き》こえてきた。

「クリプレの曲《きょく》って全部《ぜんぶ》ＡＫＩ《アキ》が作《つく》ってんだよね、何《なん》で表《おもて》に出《で》てこないんだろ、元《もと》メンバーなんでしょ？」

「ブサイクだからじゃない？　ネットじゃデブって噂《うわさ》だし」

「あ、そういうこと？　ウケる。それで心也《しんや》とチェンジなんだ」

キャラキャラと甲高《かんだか》い声《こえ》で笑《わら》う女子高生達《じょしこうせいたち》の声《こえ》は、秋《あき》の前《まえ》を素通《すどお》りしていった。

店内《てんない》で流《なが》れるメロディ。ざわざわとした人《ひと》の声《こえ》。それらは全《すべ》て、秋《あき》の耳《みみ》にはつまらないノイズに聞《き》こえる。

だけど次《つぎ》の瞬間《しゅんかん》、そのノイズを一気《いっき》にかき消《け》すように——

「あっ！　小笠原《おがさわら》さん！」

「！」

まっすぐに——まるで風《かぜ》のように。理子《りこ》の澄《す》んだ声《こえ》が秋《あき》の耳元《みみもと》に届《とど》いた。ハッとして振《ふ》り返《かえ》れば通路《つうろ》の奥《おく》には理子《りこ》がいて、腕《うで》が千切《ちぎ》れんばかりに全力《ぜんりょく》で手《て》を振《ふ》っている。理子《りこ》は本当《ほんとう》に嬉《うれ》しそうに笑《わら》いながら、秋《あき》のもとに駆《か》け寄《よ》ってきた。

「………」

「？　どうしたんですか？」

「何《なん》でかな、君《きみ》の声《こえ》が……」

「？」

秋《あき》はほんの少《すこ》し戸惑《とまど》った。こんな雑音《ざつおん》しかないレコード店《てん》の中《なか》で、まだ一度《いちど》会《あ》っただけの、顔《かお》も覚《おぼ》えていない女《おんな》の子《こ》の声《こえ》が、どうしてまっすぐ自分《じぶん》に届《とど》いたのだろう？

だけど秋《あき》はそこがクリプレブースの前《まえ》だと気《き》づいて、すぐに思考《しこう》を止《と》めた。

「あ、や、場所《ばしょ》変《か》えない？　もっと静《しず》かなところに……」

「あっ」

しかし理子《りこ》は秋《あき》の反応《はんのう》などお構《かま》いなしに、ブースの中《なか》に秋《あき》を引《ひ》っ張《ぱ》っていく。

「あたし大《だい》ファンなんです」

「え」

「知《し》りません？　クリプレ」

「あー、あんまり音楽《おんがく》聴《き》かないから」

また秋《あき》は、理子《りこ》に嘘《うそ》をついた。音楽《おんがく》を聴《き》かないどころか、自分《じぶん》こそがクリプレのＡＫＩ《アキ》

なのに。

「最高《さいこう》ですよ！　聴《き》いてみてください。このＡＫＩ《アキ》って人《ひと》が作《つく》る曲《きょく》、超《ちょう》いいんですよ。それに心也《しんや》のベースも」

「！」

「……あ、シンヤって小笠原《おがさわら》さんと同《おな》じ名前《なまえ》ですね！」

「……です、ね」

無邪気《むじゃき》に心也《しんや》をほめたたえる理子《りこ》に、秋《あき》は複雑《ふくざつ》な気分《きぶん》になった。実《じつ》は秋《あき》は心也《しんや》に対《たい》し、五年前《ごねんまえ》からあるコンプレックスを抱《かか》え続《つづ》けているから。

「あ、そうだ、実《じつ》はあたし、小笠原《おがさわら》さんに聞《き》きたいことがあったん……」

「理子《りこ》のカレシってコイツか⁉」

「⁉」

だけど理子《りこ》と秋《あき》の会話《かいわ》に、突然邪魔《とつぜんじゃま》が入《はい》った。理子《りこ》と秋《あき》の後《うし》ろには、いつの間《ま》にか不機《ふき》嫌《げん》な顔《かお》をした祐一《ゆういち》と、困《こま》ったように両手《りょうて》を合《あ》わす蒼太《そうた》が立《た》っている。

「ゆーちゃん⁉　そーちゃんも？　なんでここにいるの？」

「ごめん理子《りこ》。祐一《ゆういち》のこと、止《と》め切《き》れなかった」

「……？」

突然《とつぜん》現《あらわ》れた祐一《ゆういち》と蒼太《そうた》に、秋《あき》は小首《こくび》を傾《かし》げた。一方《いっぽう》の祐一《ゆういち》は嫉妬心《しっとしん》を露《あらわ》にして、秋《あき》を上《うえ》から下《した》まで舐《な》め回《まわ》すように見《み》る。実《じつ》は祐一《ゆういち》、ずっと理子《りこ》に片思《かたおも》いをしているのだ。

「何《なん》だよ理子《りこ》、カレシってオヤジじゃん！」

「……オ、オヤジ？」

それはもしかして僕《ぼく》のことか？……と秋《あき》は面食《めんく》らう。

「ああ、もう、なに言《い》ってんの。ごめんなさい、小笠原《おがさわら》さん。学校《がっこう》の友達《ともだち》なんです」

「で、あんた、何《なに》してる人《ひと》？」

理子《りこ》がペコペコと頭《あたま》を下《さ》げる横《よこ》で、なおも祐一《ゆういち》の追及《ついきゅう》は止《と》まらない。

「え？　あー、強《し》いて言《い》うなら……ニート？」

質問《しつもん》されて『クリプレのＡＫＩ《アキ》です』と答《こた》えるわけにもいかず、秋《あき》は苦《くる》しまぎれの答《こた》えを返《かえ》した。

「ニートぉ⁉　働《はたら》いてないって、それ大人《おとな》としてどうなんすか。理子《りこ》、絶対《ぜったい》だまされてるぞ、遊《あそ》ばれて売《う》られるぞ。大体《だいたい》お前《まえ》なー、今日《きょう》は大事《だいじ》な練習日《れんしゅうび》——」

祐一《ゆういち》はさらに興奮《こうふん》して、初対面《しょたいめん》の秋《あき》をこき下《お》ろす。それが我慢《がまん》ならなかったのか、理子《りこ》は突然祐一《とつぜんゆういち》の胸《むね》をドンと押《お》すと——

「…え?」

「逃《に》げます!」

「!」

……と、秋《あき》の手《て》を取《と》って、猛烈《もうれつ》な勢《いきお》いで走《はし》り出《だ》した。

「ちょ、待《ま》っ」

「理子《りこ》っ! お前《まえ》どこ行《い》く、こんにゃろ——!」

そんな祐一《ゆういち》の焦《あせ》った怒鳴《どな》り声《ごえ》も、あっという間《ま》に聞《き》こえなくなった。

気《き》づけば秋《あき》は理子《りこ》の小《ちい》さな手《て》に引《ひ》っ張《ぱ》られて、渋谷《しぶや》の人《ひと》ごみの中《なか》を全力疾走《ぜんりょくしっそう》していた。


秋《あき》の視界《しかい》はめまぐるしく変《か》わった。

人《ひと》ごみをかき分《わ》け、とにかく理子《りこ》に引《ひ》っ張《ぱ》られるまま、走《はし》る。走《はし》る。走《はし》る。

すると見慣《みな》れたはずの渋谷《しぶや》の街《まち》が、突然新鮮《とつぜんしんせん》なものに思《おも》えてきて、秋《あき》は思《おも》わず微笑《ほほえ》んでしまった。

——まずい。これ、結構楽《けっこうたの》しいかも。

秋《あき》は自分《じぶん》の前《まえ》を走《はし》る理子《りこ》の小《ちい》さな手《て》を、ギュッと強《つよ》く握《にぎ》り返《かえ》した。

「はぁっ、はぁ、はぁ、はぁ……」

「……っ、……」

それから二人《ふたり》が逃《に》げ込《こ》んだのは、高架下《こうかした》の小《ちい》さなトンネルのような場所《ばしょ》だった。

秋《あき》は荒《あら》い息《いき》を整《ととの》えながらも、大《おお》きく肩《かた》を揺《ゆ》らして笑《わら》う。

「……いいの？　トモダチ」

「実力行使《じつりょくこうし》です」

「何年《なんねん》ぶりかな、こんなふうに走《はし》ったの。足《あし》ガックガク」

「ははは っ」

二人《ふたり》は視線《しせん》を合《あ》わせてもう一度笑《いちどわら》った。秋《あき》は不思議《ふしぎ》だった。まだ会《あ》って二度目《にどめ》なのに、なんだか今《いま》はすごく理子《りこ》の笑顔《えがお》がまぶしく見《み》える。

もちろん理子《りこ》も、そんな秋《あき》の顔《かお》をじっと見《み》つめていた。行《い》き交《か》う人々《ひとびと》の声《こえ》、自転車《じてんしゃ》のベルの音《おと》。それらがあまりに遠《とお》すぎて、まるでここだけ別世界《べっせかい》のようにも思《おも》える。

「……あたし、あれからずっと忘《わす》れられなくて」

「？」

「あの時《とき》の鼻歌《はなうた》」

「…え？」

理子《りこ》は、ずっと秋《あき》に伝《つた》えたいと思《おも》っていたことを切《き》り出《だ》した。

朝焼《あさや》けの中《なか》、二人《ふたり》が知《し》り合《あ》うきっかけになった、あの切《せつ》ない曲《きょく》……。

「あれ、何《なん》ていう曲《きょく》ですか？　誰《だれ》に聞《き》いてもわからなくて」

「えっと……何《なん》のことだろう」

秋《あき》は不意《ふい》に理子《りこ》から視線《しせん》を逸《そ》らす。できればこの話題《わだい》は避《さ》けたかった。

「あたし、歌《うた》えます」

「え……まさか覚《おぼ》えてるの？」

だけど理子《りこ》は秋《あき》の戸惑《とまど》いに気《き》づかず、ハミングと足《あし》でリズムをとり出《だ》す。

「切《せつ》なくって激《はげ》しくって、口《くち》ずさむんじゃなくて、こう、おっきな声《こえ》で歌《うた》いたくなる――」

「！」

さらにすうっと大《おお》きく息《いき》を吸《す》い込《こ》み歌《うた》い出《だ》そうとする理子《りこ》の口《くち》を、秋《あき》は咄嗟《とっさ》にガッと手《て》のひらで覆《おお》った。

「!?　おが……さ…、ゴホッ！」

「！」

もちろん突然《とつぜん》口《くち》を押《お》さえられた理子《りこ》はびっくりして、その場《ば》で大《おお》きく咳《せ》き込《こ》む。

秋《あき》はハッとして、すぐに理子《りこ》の口《くち》から手《て》をどけた。

「……ゴメ」

「小笠原《おがさわら》さん……？」

「……」

「……どうしたんですか？」

「……俺《おれ》」

「？」

太陽《たいよう》の光《ひかり》が届《とど》かない暗《くら》いトンネルの中《なか》で秋《あき》と理子《りこ》、二人《ふたり》の視線《しせん》が交差《こうさ》する。

「歌《うた》が怖《こわ》いんだ」

「え？」

「たぶん…憎《にく》い」

理子《りこ》は大《おお》きく目《め》を見開《みひら》いた。『憎《にく》い』なんて言葉《ことば》を、まさかこんなきれいな人《ひと》の口《くち》から聞《き》かされるなんて思《おも》ってなかった。それに……。

「……どうして」

「……」

「どうして、泣《な》くの？」

「……何言《なにい》ってんの、泣《な》いてないよ」

気《き》づけば理子《りこ》は秋《あき》にそう尋《たず》ねていた。秋《あき》は訳《わけ》がわからないというふうに眉《まゆ》をひそめる。

「でも、これから泣《な》くでしょう？」

「……え？」

刹那《せつな》、つぅ……と一筋《ひとすじ》の涙《なみだ》が秋《あき》の頬《ほお》を濡《ぬ》らした。理子《りこ》の指摘《してき》どおり、秋《あき》は突然《とつぜん》泣《な》いてしまったのだ。

「何《なに》コレ……ちょ、待《ま》っ……」

「……」

もちろん秋《あき》は、何《なに》がなんだかわからず混乱《こんらん》した。

――泣《な》くつもりなんかなかったのになぜ？　どうして？

理子《りこ》はそんな秋《あき》の髪《かみ》にぎこちなく触《ふ》れ……そして思《おも》う。

ああ、この人《ひと》は今《いま》、自分《じぶん》がどんな顔《かお》をしていたのか全然《ぜんぜん》わかっていないんだな、と。

『歌《うた》が怖《こわ》い』『憎《にく》い』と言《い》いながらも、秋《あき》はとても悲《かな》しくて辛《つら》そうな顔《かお》をしていた。見《み》ている理子《りこ》まで、ついつられて泣《な》きたくなるほどに。

「大丈夫《だいじょうぶ》です」

「え？」

「あたしが守《まも》ってあげる」

「！」

だから気《き》づけば理子《りこ》は、自分《じぶん》から秋《あき》に手《て》を伸《の》ばして自分《じぶん》より大《おお》きい体《からだ》を抱《だ》きしめていた。

秋《あき》は突拍子《とっぴょうし》もない理子《りこ》の言葉《ことば》に一瞬《いっしゅん》あきれ、それからすぐに苦笑《くしょう》する。

理子《りこ》の言葉《ことば》はなぜかすんなりと秋《あき》の心《こころ》の奥《おく》にストンと落《お》ちて、優《やさ》しい波紋《はもん》となって全身《ぜんしん》に広《ひろ》がっていく。

自分《じぶん》を包《つつ》む温《あたた》かい腕《うで》。華奢《きゃしゃ》な体《からだ》。その全《すべ》てが愛《いと》しくなって、秋《あき》は理子《りこ》にキスをした。

「!?」

もちろん、今度《こんど》は理子《りこ》が衝撃《しょうげき》を受《う》ける番《ばん》だった。自分《じぶん》から抱《だ》きしめておいてなんだけど、まさか突然《とつぜん》キスされるなんて思《おも》わなかった。理子《りこ》は慌《あわ》てて後《あと》ずさったが、秋《あき》はさらに遠慮《えんりょ》なく理子《りこ》を壁《かべ》に押《お》しつけて——

「君《きみ》は歌《うた》わないよね」

「……え？」

「歌《うた》う女《おんな》、嫌《きら》いなんだ」

「!?」

そう言《い》って今度《こんど》はもっと深《ふか》く、理子《りこ》と唇《くちびる》を重《かさ》ね合《あ》わせたのだった。

今《いま》やカリスマバンドとして成長《せいちょう》したCRUDE PLAY《クリュードプレイ》。業界一《ぎょうかいいち》の歌姫《うたひめ》である茉莉《まり》。この二人《ふたり》をプロデュースする高樹《たかぎ》は、自分《じぶん》のオフィスと提携《ていけい》するハーストレコーズ本社《ほんしゃ》を訪《たず》ねていた。

「やっぱり二週目伸《にしゅうめの》びねーな」

タブレットでCD《シーディー》シングル週間売《しゅうかんう》り上《あ》げランキングをチェックしていた高樹《たかぎ》は、ひどく不機嫌《ふきげん》だ。なぜなら茉莉《まり》のシングル『YOU《ユー》』の売《う》り上《あ》げが、二週目《にしゅうめ》で大《おお》きくランクダウンしたからだ。

「だから言《い》ったろ長浜《ながはま》。美人《びじん》が失恋歌《しつれんうた》ってもイヤミに聞《き》こえるだけだって」

その向《む》かいで高樹《たかぎ》と今後《こんご》の戦略《せんりゃく》を練《ね》っているのは、ハーストレコーズの長浜美和子《ながはまみわこ》。眼鏡《めがね》が似合《にあ》う才女《さいじょ》だ。

「恋《こい》の歌《うた》ってのはさ、ビミョーな奴《やつ》が歌《うた》うから共感《きょうかん》されんだよ。ブスとは言《い》えねーけど美人《びじん》では絶対《ぜったい》にない、愛嬌《あいきょう》ある顔《かお》っつーのかな」

「はあ……」

美和子《みわこ》は高樹《たかぎ》の持論《じろん》を聞《き》きながら、ではどうすればいいのかと頭《あたま》を悩《なや》ませる。

「ホントはなー、茉莉《まり》なんかは世界平和《せかいへいわ》とか歌《うた》っちゃった方《ほう》がいいんだけどねー。秋《あき》がそういうの書《か》かねーから」

「秋《あき》さん、最近何《さいきんなに》か変《へん》ですよね、イライラしてるっていうか」

「違和感《いわかん》があんだろ」

「違和感《いわかん》？　こんなに売《う》れてるのに？」

美和子《みわこ》の素朴《そぼく》な疑問《ぎもん》を、高樹《たかぎ》は軽《かる》く鼻《はな》で笑《わら》った。

「こんなに売《う》れてるからだよ。これが自分《じぶん》の望《のぞ》んでたことなのかって」

「秋《あき》さんのことは何《なん》でもお見通《みとお》しですね」

「だって俺《おれ》あいつの保護者《ほごしゃ》だから。ま、あいつは悩《なや》んだ方《ほう》がいい曲書《きょくか》くしな。いっそもっと追《お》い込《こ》まれた方《ほう》がいいんだよ」

秋《あき》が聞《き》いたら怒《おこ》りそうなことをさらりと言《い》って、高樹《たかぎ》はソファから立《た》ち上《あ》がった。

「どこ行《い》くんですか？」

「秋《あき》んとこ」

じゃあなと軽《かる》く手《て》を振《ふ》って、高樹《たかぎ》はそのまま会議室《かいぎしつ》を出《で》ていく。後《あと》に残《のこ》された美和子《みわこ》は、ただただ深《ふか》くため息《いき》をつくばかりだった。


そしてここにも、ため息《いき》をつく人間《にんげん》が一人《ひとり》いた。他《ほか》でもない理子《りこ》だ。

理子《りこ》は幼《おさな》なじみの祐一《ゆういち》と蒼太《そうた》と組《く》んで、バンド活動《かつどう》をしている。今日《きょう》もギターの練習《れんしゅう》をしようと、二人《ふたり》が理子《りこ》の家《いえ》の前《まえ》まで迎《むか》えに来《き》てくれた。だけど練習《れんしゅう》スペースである隅田川《すみだがわ》のテラスに向《む》かう途中《とちゅう》、理子《りこ》はずっと上《うわ》の空《そら》だった。

「……はあ……」

「ってかお前《まえ》、またショルダー開《あ》けっ放《ぱな》しだし」

「……うん、ありがと、ゆーちゃん」

祐一《ゆういち》はだらしなく開《あ》いたままの理子《りこ》のショルダーのファスナーを閉《と》じてやる。ファスナーを開《あ》けっぱなしにしてしまうのは理子《りこ》の癖《くせ》なのだ。もちろん理子《りこ》の様子《ようす》がおかしいことに蒼太《そうた》も気《き》づいていて、優《やさ》しく声《こえ》をかけてきた。

「理子《りこ》、なんかあった？」

「ねえ、そーちゃん」

「ん？」

「歌《うた》う女嫌《おんなきら》いって、どういう意味《いみ》だと思《おも》う？」

「え、カレシに言《い》われたの？」

「はぁ、言《い》えないなぁ……。実《じつ》は歌《うた》が大好《だいす》きだなんて、さ」

「……」

あまりといえばあまりの理子《りこ》の落《お》ち込《こ》みように、祐一《ゆういち》も蒼太《そうた》もなんと言《い》っていいかわからず、一瞬《いっしゅん》押《お》し黙《だま》った。


その頃《ころ》、自宅《じたく》マンションに戻《もど》った秋《あき》は、玄関前《げんかんまえ》に人影《ひとかげ》を見《み》つけて立《た》ち止《ど》まった。

小《ちい》さくうずくまるその姿《すがた》は、まるで飼《か》い主《ぬし》とはぐれてしまった迷子《まいご》の小犬《こいぬ》のよう。

「……茉莉《まり》」

秋《あき》が名《な》を呼《よ》ぶと、茉莉《まり》は弾《はじ》かれるように視線《しせん》を上《あ》げた。その長《なが》いまつげは、ほんの少《すこ》し涙《なみだ》で濡《ぬ》れている。

それから秋《あき》は茉莉《まり》を家《いえ》に上《あ》げ、彼女《かのじょ》の話《はなし》を聞《き》いた。茉莉《まり》はようやく秋《あき》の前《まえ》で、高樹《たかぎ》との関係《かんけい》を素直《すなお》に認《みと》めた。

「高樹《たかぎ》さんとのこと……秋《あき》に知《し》られるのずっと怖《こわ》かった」

リビングのソファに座《すわ》る茉莉《まり》は、今浮気《いまうわき》の告白《こくはく》をしているというのに、それでもやっぱり悔《くや》しいくらいに美《うつく》しい。

「関係《かんけい》を強要《きょうよう》されたわけじゃない。ただ、彼《かれ》、初《はじ》めて会《あ》った時《とき》……普通《ふつう》の女子高生《じょしこうせい》だった私《わたし》に言《い》ってくれたの。『どうしよう、俺天才見《おれてんさいみ》つけちゃった』って」

「……」

「私《わたし》のこと見《み》つけてくれたの、あの人《ひと》だったの」

「……ありがと茉莉《まり》」

「?」

そこでいったん話《はなし》を切《き》り、秋《あき》は茉莉《まり》に向《む》かって微笑《ほほえ》みかけた。

「おかげで自分《じぶん》の気持《きも》ちがハッキリわかった」

「……」

「僕《ぼく》さ、カノジョができたんだ」

「！」

秋《あき》の報告《ほうこく》に、茉莉《まり》はひどく驚《おどろ》いたようだった。それはそうだろう。ついこの間《あいだ》まで、秋《あき》は茉莉《まり》に夢中《むちゅう》だったはずなのだから。だけど――

「こうやって茉莉《まり》と話《はな》している間《あいだ》も、なんでかその子《こ》のことばっか考《かんが》えてる。まだ二回《にかい》しか会《あ》ってないのに変《へん》だよね」

「あ、秋《あき》……」

「カノジョ、僕《ぼく》がクリプレのＡＫＩ《アキ》って知《し》らなくてさ。僕《ぼく》を、何《なん》でもない、ただのニートだと思《おも》ってる」

「……」

秋《あき》の声《こえ》には、いつになく優《やさ》しさがにじみ出《で》ていた。

これは自分《じぶん》をだますための演技《えんぎ》ではない、と茉莉《まり》は直感《ちょっかん》する。

秋《あき》は本当《ほんとう》に、自分以外《じぶんいがい》に好《す》きな人《ひと》を見《み》つけてしまったのだと……。

「それでもカノジョは、僕《ぼく》のことを守《まも》ってあげるって言《い》ってくれたんだ。僕《ぼく》が曲《きょく》を作《つく》らなくても、そう言《い》ってくれた」

「！」

「僕《ぼく》は、そんなカノジョを大事《だいじ》にしようと思《おも》う」

――だから茉莉《まり》とは本当《ほんとう》にさよならだね。

遠回《とおまわ》しにそう告《つ》げると、再《ふたた》び茉莉《まり》の顔《かお》が悲《かな》しみでくしゃりと崩《くず》れた。二人《ふたり》の間《あいだ》には、まるで永遠《えいえん》のような長《なが》い長《なが》い沈黙《ちんもく》が続《つづ》く。

この時《とき》――秋《あき》はまだ知《し》らなかった。

新《あたら》しくできたカノジョ――理子《りこ》の周《まわ》りで、ある一《ひと》つの大《おお》きな事件《じけん》が起《お》きていたことを。


「よーし、こっちは準備《じゅんび》いいぞ、理子《りこ》！」

隅田川《すみだがわ》の河川敷《かせんしき》で、理子《りこ》は祐一《ゆういち》や蒼太《そうた》と一緒《いっしょ》に楽器《がっき》の準備《じゅんび》をしていた。だけど『歌《うた》う女《おんな》は嫌《きら》い』というあの言葉《ことば》が頭《あたま》にこびりついて、一向《いっこう》に気分《きぶん》は晴《は》れない。

「だー、もう！　お前《まえ》から歌《うた》とったらなんも残《のこ》んねーだろっ。こんな時《とき》こそ歌《うた》って元気出《げんきだ》せよ」

「……ん。そっか。　うん、だよね！」

祐一《ゆういち》に励《はげ》まされ、理子《りこ》はうーんと背伸《せの》びをした。確《たし》かに昔《むかし》からどんなに嫌《いや》なことがあっても、思《おも》い切《き》り歌《うた》を歌《うた》えば小《ちい》さな悩《なや》みなんて吹《ふ》き飛《と》んでいた。

「あー、無茶苦茶叫《むちゃくちゃさけ》びた――い！」

だから理子《りこ》は大《おお》きく息《いき》を吸《す》い込《こ》んで、大好《だいす》きな歌《うた》を歌《うた》い始《はじ》めた。まだ初心者《しょしんしゃ》なのでギターは下手《へた》だったけど、それをカバーするかのように理子《りこ》ののびやかな歌声《うたごえ》が辺《あた》り一帯《いったい》に広《ひろ》がっていく。

♪僕《ぼく》らは友達《ともだち》だろ
だって僕《ぼく》らは友達《ともだち》だろ

誰《だれ》だってうまくいかないこと　あるよね
だから僕《ぼく》らはいつもの場所《ばしょ》で
こうして今日《きょう》も集《あつ》まるよ

理子《りこ》が歌《うた》うのは『うたうたいのうた』。その歌声《うたごえ》を偶然耳《ぐうぜんみみ》にしたのは——秋《あき》のマンションへ向《む》かっていた高樹《たかぎ》だ。高樹《たかぎ》は下手《へた》な伴奏《ばんそう》と共《とも》に聞《き》こえてくる歌声《うたごえ》に興味《きょうみ》を引《ひ》かれて、橋《はし》の上《うえ》から下《した》の舗道《ほどう》をのぞき込《こ》む。

（フーン、いい声《こえ》してるじゃねぇか。これは……）

隅田川沿《すみだがわぞ》いの舗道《ほどう》で歌《うた》う理子達《りこたち》に、高樹《たかぎ》はゆっくりと近《ちか》づいていった。

そして一曲歌《いっきょくうた》い終《お》わった理子《りこ》に向《む》かって、大《おお》きな拍手《はくしゅ》を送《おく》る。

「いいバランスの三人《さんにん》だ」

「？　誰《だれ》？」

ギャラリーがいたことに気《き》づいていなかった理子達三人《りこたちさんにん》は、驚《おどろ》いて高樹《たかぎ》を振《ふ》り返《かえ》った。

高樹《たかぎ》は不敵《ふてき》な笑《え》みを浮《う》かべながら理子《りこ》に近《ちか》づき、少《すこ》し前屈《まえかが》みになってこう告《つ》げる。

「どうしよう。俺《おれ》、天才見《てんさいみ》つけちゃった？」

「！」


『どうしよう、俺《おれ》、天才見《てんさいみ》つけちゃった』――

高樹《たかぎ》のその必殺《ひっさつ》の口説《くど》き文句《もんく》を、かつて茉莉《まり》も言《い》われたことなど、当然理子《とうぜんりこ》は知《し》らない。

だがその数日後《すうじつご》、理子達《りこたち》は高樹《たかぎ》に誘《さそ》われるまま、オフィス・タカギを訪《おとず》れていた。

「おー、スゲー！」

「こちらへどうぞ」

洗練《せんれん》されたオフィス内《ない》を案内《あんない》されながら、祐一《ゆういち》は小《ちい》さな子供《こども》のようにはしゃいだ。三人《さんにん》を案内《あんない》しているのは長浜美和子《ながはまみわこ》。理子達一般人《りこたちいっぱんじん》からしてみれば、あのクリプレや茉莉《まり》の所《しょ》属《ぞく》する大手事務所《おおてじむしょ》を見学《けんがく》できるチャンスなんて二度《にど》とないかもしれない。自分達《じぶんたち》はなんてラッキーなんだろう。そのくらいの軽《かる》い気持《きも》ちだった。

だから想定外《そうていがい》だったのだ。まさか高樹《たかぎ》から、あんなことを言《い》われるなんて。

「デビュー決定《けってい》、おめでとう！」

高樹《たかぎ》に差《さ》し出《だ》された名刺《めいし》を見《み》ながら、理子《りこ》は一瞬呆然《いっしゅんぼうぜん》とした。高樹《たかぎ》の言《い》った言葉《ことば》の意味《いみ》が理解《りかい》できず、パチパチと瞬《まばた》きを繰《く》り返《かえ》す。

「は？」

「あ、あの、意味《いみ》がよく……」

「だからー、CD《シーディー》出《だ》したりライブやったりテレビ出《で》たりするってこと」

「！」

まさに頭《あたま》が真《ま》っ白《しろ》になるというのはこういうことだ。

自分達《じぶんたち》がメジャーデビュー？

しかも芸能界屈指《げいのうかいくっし》のこの大手事務所《おおてじむしょ》から？

それはラッキーを通《とお》り越《こ》して、宝《たから》くじに当《あ》たったかのような幸運《こううん》だ。

いや、宝《たから》くじに当《あ》たる以上《いじょう》の強運《きょううん》と言《い》ってもいいかもしれない。

祐一《ゆういち》は思《おも》わず興奮《こうふん》してソファから立《た》ち上《あ》がった。

「……ス、スゲェエ！　マジ？　マジ？」

このオフィスビルに入《はい》ってから、祐一《ゆういち》の口《くち》からは『スゲェ』という言葉《ことば》しか出《で》てこない。

それくらい信《しん》じられない話《はなし》だった。

蒼太《そうた》なんて、喜《よろこ》ぶより先《さき》に、困惑《こんわく》する方《ほう》が勝《まさ》っている。

「え、でも僕《ぼく》たちまだ楽器《がっき》始《はじ》めたばっかりで……」

すごく下手《へた》なんですけど……と言《い》う蒼太《そうた》の言《い》い訳《わけ》を、高樹《たかぎ》は素早《すばや》く遮《さえぎ》った。

「デビューすんのに演奏《えんそう》の上手《うま》い下手《へた》はカンケーねーの。カメラの前《まえ》で弾《ひ》くフリさえしてれば、後《あと》はプロの人《ひと》がちゃちゃっと代《か》わりに弾《ひ》いてくれるから大丈夫《だいじょうぶ》」

「えっ」

——それって一体《いったい》どーゆーこと？

一瞬《いっしゅん》思《おも》ったことが顔《かお》に出《で》てしまったんだろう。思《おも》わず眉間《みけん》に皺《しわ》を寄《よ》せてしまった理子《りこ》を見《み》て、高樹《たかぎ》はからかうように笑《わら》う。

「そんな顔《かお》すんなって。こんなのフツーなんだって。クリプレだってそうだぜ」

「？」

「自分《じぶん》で弾《ひ》いてるのなんて、心也《しんや》だけなんだから」

「！」

高樹《たかぎ》から告《つ》げられた事実《じじつ》は、理子《りこ》にとってはあまりに衝撃的《しょうげきてき》すぎた。

まさか大好《だいす》きなクリプレまでが生演奏《なまえんそう》じゃなくて、ただの『弾《ひ》いてる振《ふ》り』だったなんて！

それが音楽業界《おんがくぎょうかい》の常識《じょうしき》だと高樹《たかぎ》に教《おし》えられても、理子《りこ》はどうしても素直《すなお》に信《しん》じることができなかった。

ちょうど理子達《りこたち》がオフィス・タカギを訪《おとず》れた日《ひ》。クリプレメンバーもスタジオ内《ない》で楽器《がっき》演奏《えんそう》の練習《れんしゅう》をしていた。

瞬《しゅん》、薫《かおる》、哲平《てっぺい》が練習《れんしゅう》している曲《きょく》は、この前秋《まえあき》が作曲《さっきょく》した『サヨナラ（仮《かり》）』という曲《きょく》だ。ネックを持《も》つ瞬《しゅん》の左手《ひだりて》には痛々《いたいた》しいテーピングが巻《ま》かれている。だけど瞬《しゅん》は決《けっ》して自分《じぶん》から練習《れんしゅう》をやめようとしない。

そんな瞬達《しゅんたち》を、いつからか高樹《たかぎ》がじっと観察《かんさつ》していた。

「わっ、びっくりした。いつからいたんですか？」

演奏《えんそう》が終《お》わると同時《どうじ》に、瞬《しゅん》はドア前《まえ》に立《た》つ高樹《たかぎ》の存在《そんざい》に気《き》づいた。

「びっくりしたのはこっちだよ。お前《まえ》らうまくなったなー。毎日練習《まいにちれんしゅう》してんだって？」

「はい、俺達《おれたち》、今回《こんかい》の曲《きょく》は自分達《じぶんたち》のプレイでレコーディングしたくて」

「おいおい、冗談言《じょうだんい》うなよ。金出《かねだ》してド素人《しろうと》のオケ聴《き》かされる客《きゃく》の身《み》になってみろよ。可哀想《かわいそう》だろ？」

「――」

だけど血《ち》のにじむような練習《れんしゅう》をしていた瞬達《しゅんたち》に、高樹《たかぎ》は容赦《ようしゃ》ない現実《げんじつ》を突《つ》きつけた。

――お前達《まえたち》の下手《へた》くそな演奏《えんそう》なんて売《う》り物《もの》にならない。

それがプロデューサーとしての、高樹《たかぎ》の判断《はんだん》なのだ。

「お前《まえ》らのオケはちゃんと超上手《ちょううま》いスタジオミュージシャンに弾《ひ》いてもらうから、心配《しんぱい》すんな！」

「……」

「……」

「……」

高樹《たかぎ》の言葉《ことば》に、瞬《しゅん》も、薫《かおる》も、哲平《てっぺい》も咄嗟《とっさ》に口《くち》をつぐんだ。スタジオ内《ない》に一瞬気《いっしゅんき》まずい沈《ちん》黙《もく》が流《なが》れるが……。

「で、ですよねー！」

瞬《しゅん》はいつもの明《あか》るい調子《ちょうし》に戻《もど》って、高樹《たかぎ》の言葉《ことば》を素直《すなお》に受《う》け入《い》れた。険悪《けんあく》だったスタジオ内《ない》も笑《わら》いに包《つつ》まれる。

「ところで秋《あき》の奴《やつ》、見《み》なかったか？」

「今《いま》こっちに向《む》かってるはずですけど」

「そっか。あ、でもお前《まえ》ら、練習《れんしゅう》することは悪《わる》くねーぞ。弾《ひ》くフリがうまくなるからな」

「……」

「……」

そういって高樹《たかぎ》はスタジオを出《で》ていった。だが高樹《たかぎ》の姿《すがた》が見《み》えなくなった途端《とたん》、瞬達《しゅんたち》はすぐまた真顔《まがお》に戻《もど》る。薫《かおる》は悲《かな》しそうに目《め》を伏《ふ》せ、瞬《しゅん》の拳《こぶし》は怒《いか》りと悔《くや》しさで細《こま》かく震《ふる》えていた。

「くそっ、ふざけやがって！」

三人《さんにん》の中《なか》で最《もっと》もわかりやすく怒《おこ》ったのは哲平《てっぺい》だ。持《も》っていたドラムスティックを床《ゆか》に叩《たた》きつけ、自分達《じぶんたち》を侮辱《ぶじょく》した高樹《たかぎ》の後《あと》を追《お》おうと立《た》ち上《あ》がる。

「哲平《てっぺい》！　……戻《もど》れ」

「だってよ！　あんな言《い》い方《かた》されて」

「勘違《かんちが》いすんな。あのオッサンが悪《わる》いんじゃない、クソみたいなプレイしかできねー俺達《おれたち》が悪《わる》いんだ」

「……っ」

瞬《しゅん》は哲平《てっぺい》を諌《いさ》めつつ、再《ふたた》びヘッドフォンを耳《みみ》に当《あ》てた。

悔《くや》しい。悔《くや》しい。悔《くや》しい！

高樹《たかぎ》にあんなこと言《い》われることも、それに反論《はんろん》できない自分達《じぶんたち》も。

それでも瞬《しゅん》は、いつか自分達《じぶんたち》の曲《きょく》を自分《じぶん》でプレイすることを夢見《ゆめみ》て練習《れんしゅう》し続《つづ》ける。

夢《ゆめ》が実現《じつげん》するその日《ひ》まで、瞬達《しゅんたち》にできるのはこうしてあがき続《つづ》けることだけなのだ。

一方《いっぽう》、瞬達《しゅんたち》がそんな悔《くや》しい思《おも》いをしているとも知《し》らず、秋《あき》もオフィス・タカギを訪《おとず》れた。

社長室《しゃちょうしつ》の前《まえ》に立《た》っている高樹《たかぎ》を見《み》つけ、一瞬《いっしゅん》立《た》ち止《ど》まる。

「よう、秋《あき》」

高樹《たかぎ》は秋《あき》に声《こえ》をかけながら、社長室《しゃちょうしつ》の窓《まど》のブラインドを落《お》とした。中《なか》には理子《りこ》や祐一《ゆういち》達《たち》がいたが、その姿《すがた》は秋《あき》の位置《いち》からは見《み》えなかった。

「ちょうどいーとこ来《き》たな。お前《まえ》に会《あ》わせたい子達《こたち》がいるんだよ」

「僕顔出《ぼくかおだ》しNG《エヌジー》なんで」

秋《あき》は興味《きょうみ》ないというふうに、高樹《たかぎ》の前《まえ》を通《とお》り過《す》ぎようとする。……が、高樹《たかぎ》は強引《ごういん》に秋《あき》の手《て》を取《と》って会話《かいわ》を続《つづ》けた。

「プロデューサーやってみねーか？」

「は？」

「クリプレのAKI《アキ》初《はつ》プロデュース。現役女子高生《げんえきじょしこうせい》シンガー。バンドメンバーは全員幼《ぜんいんおさな》なじみ」

「今度《こんど》はなに企《たくら》んでんの？」

秋《あき》ははっきり不快感《ふかいかん》を露《あら》わにした。

高樹《たかぎ》がこうして妙《みょう》に嬉《うれ》しそうな時《とき》は、何《なに》かよからぬことを画策《かくさく》している時《とき》だと、過去《かこ》の経験《けいけん》から学《まな》んでいるのだ。

「美男美女《びなんびじょ》ばっかりだとアイドルレーベルっぽく見《み》られるだろ？　そうじゃない雰囲気《ふんいき》の子《こ》、見《み》つけてきたんだよ」

「あんたみたいに、利用《りよう》する側《がわ》に回《まわ》るのだけはごめんだ。絶対《ぜったい》やらない」

「とにかく会《あ》ってみろよ。お前多分気《まえたぶんき》に入《い》ると思《おも》うよ、あの子《こ》の声《こえ》。……それとも」

秋《あき》を逃《に》がすまいと、高樹《たかぎ》の目《め》がギラリと鋭《するど》く光《ひか》る。

「また逃《に》げんのか、あの時《とき》みたいに」

「！」

高樹《たかぎ》の言葉《ことば》に、さすがの秋《あき》も歩《あゆ》みを止《と》めた。

それは秋《あき》にとって決《けっ》して触《ふ》れられたくない過去《かこ》でもあったから。

その時《とき》――

「その話《はなし》、横《よこ》からかっさらってもいい？」

「！」

険悪《けんあく》な空気《くうき》の中《なか》、やけに涼《すず》しげな声《こえ》が響《ひび》く。

秋《あき》と高樹《たかぎ》が振《ふ》り返《かえ》ると、背後《はいご》にはいつの間《ま》にか心也《しんや》が立《た》っていた。

「ダメかな？　クリプレの心也《しんや》初《はつ》プロデュース。これはこれで結構《けっこう》キャッチーだと思《おも》うけど」

「……」

そう穏《おだ》やかに笑《わら》う心也《しんや》と、仏頂面《ぶっちょうづら》の秋《あき》の視線《しせん》が交差《こうさ》した。

『プロデュースなんて絶対《ぜったい》しない』と言《い》い張《は》る秋《あき》と、『やってみたい』と主張《しゅちょう》する心也《しんや》。

高樹《たかぎ》はこの時《とき》、自分《じぶん》の当《あ》てが外《はず》れたことを――悟《さと》った。

その後《あと》すぐ、心也《しんや》は高樹《たかぎ》と共《とも》にスタジオに向《む》かった。

ブースの中《なか》で歌《うた》っているのは理子《りこ》だ。

心也《しんや》はコントロールルーム内《ない》で理子《りこ》の歌声《うたごえ》を聴《き》きながら、感動《かんどう》に打《う》ち震《ふる》えている。

「秋君《あきくん》は本当《ほんとう》にバカですよね」

笑顔《えがお》の心也《しんや》とは対照的《たいしょうてき》に、高樹《たかぎ》は不機嫌《ふきげん》そうに煙草《たばこ》を吹《ふ》かしていた。

「しょうがないじゃないですか。本人《ほんにん》がやらないって言《い》ったんだから」

「……聴《き》けば、絶対《ぜったい》やったよ」

どうやら自分《じぶん》の計画《けいかく》が失敗《しっぱい》して、高樹《たかぎ》は本気《ほんき》でふてくされているようだ。

心也《しんや》は肩《かた》を揺《ゆ》らして、クックと笑《わら》う。

「そうでしょうね。こんな声《こえ》聴《き》いたら宝物《たからもの》にしただろうな」

どこかうっとりとした口調《くちょう》で、心也《しんや》はブースの中《なか》の理子《りこ》を見《み》た。一方《いっぽう》の理子《りこ》はといえば、コントロールルームに憧《あこが》れの心也《しんや》の姿《すがた》を見《み》つけて、一人《ひとり》で『あわわっ』とか『ひぇ〜』とか慌《あわ》てふためいている。

「でも、彼女《かのじょ》は僕《ぼく》がもらいました。僕《ぼく》の宝物《たからもの》にします」

心也《しんや》は微笑《ほほえ》んだ。

それは、クリプレとして活動《かつどう》している時《とき》には絶対見《ぜったいみ》せない、楽《たの》しそうな笑《え》みだった。

秋《あき》は後《のち》に、このプロデュース話《ばなし》を心也《しんや》に譲《ゆず》ってしまったことを後悔《こうかい》することになる。

——死《し》ぬほど、後悔《こうかい》することになる。

3 嘘《うそ》と真実《しんじつ》

オフィス・タカギを出《で》た後《あと》、秋《あき》は地下鉄《ちかてつ》に乗《の》り込《こ》んだ。
スマホで再生《さいせい》されているのは、五年前《ごねんまえ》、ライブで演奏《えんそう》した『卒業《そつぎょう》』と言《い》う曲《きょく》。
この曲《きょく》はクリプレのデビュー曲《きょく》でもある。
秋《あき》はこの曲《きょく》のCD《シーディー》が出来上《できあ》がった時《とき》のことを、ぼんやりと思《おも》い出《だ》した……。

×　×　×

あれはまだ高校《こうこう》の卒業式《そつぎょうしき》を迎《むか》える前《まえ》のことだった。学《がく》ランを着《き》た秋《あき》や瞬《しゅん》はオフィス・タカギのロビーで、出来上《できあ》がったばかりのデビューシングルCD《シーディー》を高樹《たかぎ》から手渡《てわた》された。

背後《はいご》にはもちろんクリプレの『卒業《そつぎょう》』が流《なが》れている。

ジャケットには『衝撃《しょうげき》のデビュー』『作詞作曲編曲《さくしさっきょくへんきょく》AKI《アキ》』などの文字《もじ》が書《か》かれていて、瞬達《しゅんたち》は大声《おおごえ》ではしゃいでみせた。本当《ほんとう》に自分達《じぶんたち》がデビューするのだと実感《じっかん》が湧《わ》いてきて、その嬉《うれ》しさが全身《ぜんしん》からにじみ出《だ》した。

「やべ、かっけ——！」

「俺《おれ》らの演奏《えんそう》、うまく聴《き》こえね？」

「お前《まえ》ら、人生変《じんせいか》わる準備《じゅんび》しとけよ。デビューしたら四人《よにん》でマックとか行《い》けなくなるからな」

「おいっスー」

「いや、マジドキドキしてきたわー」

「……」

高樹《たかぎ》の言葉《ことば》に、笑顔《えがお》で答《こた》える瞬《しゅん》や薫達《かおるたち》。だがその中《なか》でなぜか秋一人《あきひとり》だけが複雑《ふくざつ》な表情《ひょうじょう》をしていた。

「さて、この曲《きょく》を作《つく》った秋《あき》とはまた別《べつ》の話《はなし》がある。場所《ばしょ》を変《か》えようか」

「……」

ポンと、肩《かた》に手《て》を置《お》かれ、秋《あき》は高樹《たかぎ》に言《い》われるまま社長室《しゃちょうしつ》に移動《いどう》した。素直《すなお》にデビューを喜《よろこ》んでいるメンバー達《たち》には、絶対聞《ぜったいき》かせたくない話《はなし》だった。

「気《き》づくとしたら、お前《まえ》だけだと思《おも》ってたよ」

二人《ふたり》きりの社長室《しゃちょうしつ》。高樹《たかぎ》は何食《なにく》わぬ顔《かお》で、くわえ煙草《たばこ》に火《ひ》をつけた。ロビー側《がわ》に続《つづ》く窓《まど》からは、CD《シーディー》ジャケットを手《て》にして喜《よろこ》んでいる瞬達《しゅんたち》の姿《すがた》が見《み》える。秋《あき》はきつく下唇《したくちびる》を噛《か》みしめながら、問題《もんだい》の言葉《ことば》を口《くち》にした。


「弾《ひ》いてるの、僕達《ぼくたち》じゃないですよね」

それはもう質問《しつもん》ではなく、単《たん》なる確認《かくにん》だった。

瞬《しゅん》の歌声《うたごえ》の後《うし》ろで流《なが》れる音楽《おんがく》……それを弾《ひ》いているのは自分達《じぶんたち》じゃない。この曲《きょく》を作《つく》ったのはＡＫＩ《アキ》だし、この曲自体自分達《きょくじたいじぶんたち》のもののはずなのに、ＣＤ《シーディー》の中《なか》には他人《たにん》の弾《ひ》いた音《おん》源《げん》が使《つか》われているのだ。

「じゃーん！　一流《いちりゅう》のスタジオミュージシャン集《あつ》めました！　お前《まえ》ら金《かね》かかってんだぞ。感謝《かんしゃ》しろよ」

「！」

だが高樹《たかぎ》は少《すこ》しも悪《わる》びれたふうもなく、あっさりと衝撃《しょうげき》の事実《じじつ》を打《う》ち明《あ》けた。

秋《あき》は咄嗟《とっさ》にうつむいていた顔《かお》を上《あ》げ、きつく高樹《たかぎ》をにらむ。

ふざけるな——そんな秋《あき》の怒《いか》りがダイレクトに伝《つた》わったんだろう。

高樹《たかぎ》は秋《あき》から目《め》をそらさず、その怒《いか》りを真正面《ましょうめん》から受《う》け止《と》めた。

「なんて顔《かお》してんだよ。まさかお前《まえ》、自分達《じぶんたち》の演奏《えんそう》でプロになれると思《おも》ってたわけじゃねーだろ？」

「……っ」

さらに高樹《たかぎ》から告《つ》げられたのは、秋《あき》のプライドを打《う》ち砕《くだ》くような厳《きび》しい言葉《ことば》だった。

一瞬《いっしゅん》、秋《あき》の頭《あたま》にカッと血《ち》が上《のぼ》る。

それは高樹《たかぎ》に対《たい》する怒《いか》りと、図星《ずぼし》をさされた恥《は》ずかしさ、その両方《りょうほう》からくるものだった。

「耳《みみ》がいいお前《まえ》ならわかるはずだ。お前《まえ》らの音《おと》とプロの音《おと》、どっちが客《きゃく》に聴《き》かせる価値《かち》があるか」

「……」

だけど高樹《たかぎ》からどれほど屈辱的《くつじょくてき》なことを言《い》われても、秋《あき》は一言《ひとこと》も反論《はんろん》できなかった。

確《たし》かにCD《シーディー》から流《なが》れてくる演奏《えんそう》は、秋達《あきたち》の弾《ひ》くものとは全《まった》くの別物《べつもの》。

お遊《あそ》び半分《はんぶん》の高校生《こうこうせい》バンドと、プロのミュージシャン。レベルに違《ちが》いがありすぎるのは当然《とうぜん》のことだ。この演奏《えんそう》に比《くら》べたら、秋達素人《あきたちしろうと》の出《で》る幕《まく》なんかない。

特《とく》にこのベースの音《おと》は、秋《あき》が『こう弾《ひ》きたい』と思《おも》っていた理想《りそう》どおりの音《おと》だった。それをあっさり他人《たにん》に実現《じつげん》されて、秋《あき》は大《おお》きなショックを受《う》けた。

「ベースは……僕《ぼく》のベース弾《ひ》いてるの誰《だれ》ですか？」

「会《あ》ってみるか？　ちょうどスタジオに来《き》てる」

だから秋《あき》は、自分《じぶん》の代《か》わりにこのベースを弾《ひ》いた人物《じんぶつ》に会《あ》ってみることにした。

プロのミュージシャンだというからには、自分《じぶん》よりも年上《としうえ》の大人《おとな》だろう。

それなら納得《なっとく》できる。

キャリアが違《ちが》うんだからと、自分《じぶん》を慰《なぐさ》めることができた。

だけど――

「あいつだよ」

「――」

高樹《たかぎ》が指《ゆび》さした先《さき》には、自分《じぶん》と年《とし》も背格好《せかっこう》も変《か》わらない高校生《こうこうせい》が立《た》っていた。

まるでピアノを弾《ひ》くみたいに優雅《ゆうが》に動《うご》く指《ゆび》。その指《ゆび》から生《う》み出《だ》されるベース音《おん》に、秋《あき》は心《こころ》から驚愕《きょうがく》する。

「篠原心也《しのはらしんや》。確《たし》かお前《まえ》より一《ひと》つ年下《としした》だったかな」

「――」

それが秋《あき》と心也《しんや》の初《はじ》めての出会《であ》い。

秋《あき》はこの時《とき》、今《いま》まで自分《じぶん》がどれだけ狭《せま》い世界《せかい》に住《す》んでいたのかを思《おも》い知《し》ることになった。

「心也《しんや》！」

高樹《たかぎ》に呼《よ》ばれて、ベースを弾《ひ》いていた心也《しんや》が秋《あき》に近《ちか》づいてくる。

だけど秋《あき》は心也《しんや》と友好的《ゆうこうてき》に接《せっ》することなんかできなかった。

あまりにも圧倒的《あっとうてき》すぎる実力《じつりょく》の差《さ》。

特《とく》に上手《うま》くもない。特別《とくべつ》でもない。心也《しんや》に比《くら》べたら自分《じぶん》は凡人《ぼんじん》にすぎない。

秋《あき》にとって心也《しんや》との出会《であ》いは、人生《じんせい》で初《はじ》めての大《おお》きな挫折《ざせつ》となったのだ。

「高樹《たかぎ》さん……よくわかりました。でも一《ひと》つお願《ねが》いがあります」

「何《なん》だ」

「僕《ぼく》の代《か》わりに彼《かれ》をクリプレに入《い》れてください」

「!?」

だから秋《あき》は、高樹《たかぎ》と心也《しんや》に懇願《こんがん》した。

凡人《ぼんじん》の自分《じぶん》よりも、天才《てんさい》の心也《しんや》の方《ほう》がクリプレにふさわしい。

心《こころ》からそう思《おも》ったから。

そしてクリプレを去《さ》ることだけが、秋《あき》にできた音楽《おんがく》への良心《りょうしん》だったのだ。

×　×　×

「……」

スマホに映《うつ》る『卒業《そつぎょう》』のCD《シーディー》ジャケットを見《み》ながら、秋《あき》は中央大橋《ちゅうおうおおはし》を渡《わた》っていた。辺《あた》りはすっかり暗《くら》くなり、頭上《ずじょう》ではかすんだ星《ほし》がチカチカと瞬《またた》いている。

五年前《ごねんまえ》のあの時《とき》のことを思《おも》い出《だ》すと、今《いま》でも秋《あき》の心臓《しんぞう》は針《はり》で刺《さ》されたかのように痛《いた》くなる。プライドを粉々《こなごな》にされ、自分《じぶん》という人間《にんげん》の価値《かち》がわからなくなったあの時《とき》のような思《おも》いはもう二度《にど》としたくない。

なのに五年《ごねん》たった今《いま》も、秋《あき》は音楽《おんがく》から離《はな》れられずにいる。

音楽《おんがく》を愛《あい》しているのに、音楽《おんがく》が怖《こわ》い。

それは秋《あき》の心《こころ》の傷《きず》が今《いま》も癒《い》えていない証拠《しょうこ》だった。

「……」

五年前《ごねんまえ》の思《おも》い出《で》に飲《の》み込《こ》まれそうになった秋《あき》は、スマホに映《うつ》っていたCD《シーディー》ジャケットの画面《がめん》を消《け》して、理子《りこ》の携帯番号《けいたいばんごう》を呼《よ》び出《だ》した。しかし秋《あき》がかけるより先《さき》に、理子《りこ》から電話《でんわ》がかかってくる。

「もしもし……理子《りこ》です。小枝理子《こえだりこ》」

「……うん、わかってる」

秋《あき》はそのまま中央大橋《ちゅうおうおおはし》を渡《わた》りながら理子《りこ》と話《はな》した。対《たい》する理子《りこ》は、なんだか言《い》いたいことを言《い》い出《だ》せないような雰囲気《ふんいき》だ。

「あの、あたし、その……小笠原《おがさわら》さんに言《い》わなきゃいけないことがあって」

「……」

「あの、あたし、歌《うた》……」

「ねえ、僕《ぼく》を守《まも》るって言《い》ったよね」

「え？　あ、はい」

だけど理子《りこ》が何《なに》か言《い》おうとしたのを、秋《あき》は素早《すばや》く遮《さえぎ》った。

——理子《りこ》の話《はなし》を聞《き》いちゃだめだ。

直感的《ちょっかんてき》にそう感《かん》じたのだ。

「ホントに？」

「ホントです」

「何《なに》から？」

「それは……全部《ぜんぶ》です。あなたを苦《くる》しめる全《すべ》てのものから」

「？」

それはどこかで聞《き》いたフレーズだ……と秋《あき》が指摘《してき》する前《まえ》に、理子《りこ》の答《こた》えが返《かえ》ってくる。

「音楽《おんがく》の教科書《きょうかしょ》の人《ひと》もそう言《い》ってました」

「音楽《おんがく》のって……まさかユーミン？」

「いえ、確《たし》か、マットウヤなんとかって人《ひと》です」

(——いや、だからユーミンっていうのは松任谷由実《まつとうやゆみ》の愛称《あいしょう》だよね？)

秋《あき》は理子《りこ》のトンチンカンな答《こた》えに、思《おも》わず吹《ふ》き出《だ》した。

これが世間《せけん》でよく言《い》うジェネレーションギャップというやつだろうか。

なんだか理子《りこ》の言動《げんどう》は、いちいち秋《あき》のツボにはまる。

「え、何《なに》かおかしかったですか？」

「これから会《あ》おうよ。今《いま》どこにいる？」

「どこって」

その時《とき》ボーッと、橋《はし》の下《した》を通《とお》る船《ふね》が汽笛《きてき》を鳴《な》らした。その音《おと》がお互《たが》いの電話口《でんわぐち》から聞《き》こえてきて、秋《あき》も理子《りこ》も思《おも》わず目《め》をみはる。

「え……」

「あっ！」

顔《かお》を上《あ》げると橋《はし》の袂《たもと》には理子《りこ》が、橋《はし》の中央《ちゅうおう》には秋《あき》の姿《すがた》があった。

すごい偶然《ぐうぜん》だが、どうやら二人《ふたり》は反対方向《はんたいほうこう》を歩《ある》きながら電話《でんわ》していたようだ。

「嘘《うそ》……」

「……」

唖然《あぜん》とする秋《あき》とは対照的《たいしょうてき》に、理子《りこ》は秋《あき》の姿《すがた》を見《み》るなり勢《いきお》いよく駆《か》け出《だ》す。

（小笠原《おがさわら》さん、小笠原《おがさわら》さん、小笠原《おがさわら》さん——！）

今《いま》すぐそばに行《い》きたくて、懸命《けんめい》に走《はし》る理子《りこ》の足《あし》がもつれた。そんな理子《りこ》を抱《だ》き止《と》めようと秋《あき》は手《て》を伸《の》ばすが、これまた絶妙《ぜつみょう》のタイミングで理子《りこ》のカバンのファスナーが開《あ》いて、中身《なかみ》が路上《ろじょう》に散《ち》らばる。

「あ――っ！」

中《なか》から飛《と》び出《だ》したのは、女子高生《じょしこうせい》が普段持《ふだんも》ち歩《ある》かない野菜《やさい》やら、一風変《いっぷうか》わったオモチャだった。いつも祐一《ゆういち》にカバンのファスナーはちゃんと閉《し》めろと注意《ちゅうい》されていたのに……。

理子《りこ》はこの時初《ときはじ》めて、自分《じぶん》の癖《くせ》を後悔《こうかい》する。

もちろん秋《あき》は秋《あき》で、突拍子《とっぴょうし》もない理子《りこ》の行動《こうどう》にお腹《なか》を抱《かか》えて笑《わら》い出《だ》した。

「アハハハ、何《なに》それ、わざとやってんの？」

「ち、違《ちが》いますよーっ」

理子《りこ》は、慌《あわ》ててカバンの中身《なかみ》を拾《ひろ》う。秋《あき》はしばらくその様子《ようす》を微笑《ほほえ》んで見《み》ていたが、不《ふ》意《い》に理子《りこ》の体《からだ》をぎゅうっと力強《ちからづよ》く抱《だ》きしめる。

「お、小笠原《おがさわら》さん……？」

「……」

理子《りこ》の華奢《きゃしゃ》なぬくもりに頬《ほお》を寄《よ》せて、秋《あき》はホッと息《いき》をついた。

さっきまで五年前《ごねんまえ》の思《おも》い出《で》に苦《くる》しめられていたというのに、理子《りこ》に会《あ》った途端《とたん》に憂鬱《ゆううつ》なもの全《すべ》てが吹《ふ》き飛《と》んだ。やっぱり自分《じぶん》にとって、理子《りこ》は特別《とくべつ》な存在《そんざい》なんだと実感《じっかん》する。

だから——

「大事《だいじ》にする」

「……え？」

「小枝理子《こえだりこ》を、大事《だいじ》にする」

「……」

秋《あき》は柔《やわ》らかく微笑《ほほえ》んで、自分《じぶん》の素直《すなお》な気持《きも》ちを理子《りこ》に伝《つた》えた。

当然理子《とうぜんりこ》も嬉《うれ》しそうに、秋《あき》の胸元《むなもと》に顔《かお》をうずめる。

二人《ふたり》のシルエットは星空《ほしぞら》の下《した》で一《ひと》つに重《かさ》なったまま、しばらく離《はな》れることはなかった。

CRUDE《クリュード》 PLAY《プレイ》が『M《エム》ステージ』という音楽番組《おんがくばんぐみ》に出演《しゅつえん》する日《ひ》、秋《あき》は瞬《しゅん》の車《くるま》でテレビ局《きょく》に移動《いどう》していた。理子《りこ》との間《あいだ》にあった色々《いろいろ》なことを親友《しんゆう》の瞬《しゅん》に包《つつ》み隠《かく》さず報告《ほうこく》したのだが、瞬《しゅん》は瞬《しゅん》で車《くるま》を運転《うんてん》しながら爆笑《ばくしょう》している。

「ちょ、瞬《しゅん》、笑《わら》いすぎ」

「しょーもな！　なんで小笠原《おがさわら》シンヤなんて言《い》ったんだよ。せめて小笠原瞬《おがさわらしゅん》にしとけばよかったのに。あーこのネタ当分楽《とうぶんたの》しめるわ」

「……」

秋《あき》は助手席《じょしゅせき》でＭ《エム》ステージの台本《だいほん》をペラペラとめくりつつ、やっぱり瞬《しゅん》に話《はな》すんじゃなかったと後悔《こうかい》する。今後《こんご》、理子《りこ》のことでからかわれ続《つづ》けるのは確実《かくじつ》だ。

「茉莉《まり》さんと別《わか》れて何《なに》してんのかと思《おも》ったら、まさかそんな悪《わる》いことしてたなんてね」

「ホントにフツーの高校生《こうこうせい》なんだよ。だから僕《ぼく》もカノジョの前《まえ》ではフツーでいたいし、そういう僕《ぼく》を好《す》きになってほしかった」

「そんな嘘《うそ》ついたまま、これから先《さき》も付《つ》き合《あ》うのか」

当然《とうぜん》といえば当然《とうぜん》の瞬《しゅん》の指摘《してき》に、秋《あき》も「うっ」と言葉《ことば》を詰《つ》まらせる。

「わかってる。だから、本当《ほんとう》のことちゃんと言《い》おうと思《おも》って……」

「なんて言《い》うんだよ。俺《おれ》がクリプレのＡＫＩ《アキ》だって？　信《しん》じねーだろ、フツー」

「……だよな」

秋《あき》は台本《だいほん》を閉《と》じ、はぁと長《なが》い溜息《ためいき》をついた。元《もと》はといえば最初《さいしょ》に嘘《うそ》をついた秋《あき》が悪《わる》いのだが、理子《りこ》に嘘《うそ》をついているという事実《じじつ》は、予想以上《よそういじょう》に心《こころ》の負担《ふたん》になっていた。


テレビ局《きょく》のＭ《エム》ステージのスタジオ内《ない》には華々《はなばな》しいセットが組《く》まれていた。

同《おな》じ頃《ころ》、ＣＲＵＤＥ《クリュード》　ＰＬＡＹ《プレイ》の楽屋《がくや》では、相変《あいか》わらず瞬達《しゅんたち》が秋《あき》と理子《りこ》の話題《わだい》で盛《も》り上《あ》がっている。

「んじゃ、俺達《おれたち》がテレビから呼《よ》びかけるってのは？　小笠原秋君《おがさわらあきくん》と小枝理子《こえだりこ》ちゃーんって」

「や、本名《ほんみょう》はまずいだろ。せめてイニシャルでさ」

「イニシャルじゃ何《なに》もわかんねーし」

どうやって秋《あき》の本当《ほんとう》の名前《なまえ》を理子《りこ》に告《つ》げるべきかと、薫《かおる》や哲平達《てっぺいたち》の間《あいだ》で議論《ぎろん》が白熱《はくねつ》している。その横《よこ》で、秋《あき》は恥《は》ずかしそうに一人《ひとり》頭《あたま》を抱《かか》えた。

「や、いいってもう、自分《じぶん》でなんとかしますって。ってかもうこいつらに話《はな》したのかよ、瞬《しゅん》」

「当然《とうぜん》だろ」

秋《あき》は口《くち》の軽《かる》い瞬《しゅん》を視線《しせん》で責《せ》めるが、瞬《しゅん》はまるで気《き》にしていない様子《ようす》だ。そこに番組《ばんぐみ》のA《エー》D《ディー》がやってきて、『そろそろカメリハお願《ねが》いしまーす』と頭《あたま》を下《さ》げる。秋《あき》はのろのろと椅《い》子《す》から立《た》ち上《あ》がった。

「じゃ、ちょっとトイレ寄《よ》ってから行《い》くわ」

「おう。あれ？　そういや心也《しんや》は？」

瞬《しゅん》がここにはいない心也《しんや》の居場所《いばしょ》を尋《たず》ねると、薫《かおる》が即座《そくざ》に答《こた》えた。

「ああ、スタジオにいるよ。高樹《たかぎ》さんが見《み》つけてきた新人《しんじん》と一緒《いっしょ》に」

「ふーん……」

この話《はなし》を聞《き》いても、秋《あき》は特《とく》に興味《きょうみ》を示《しめ》さなかった。

新人《しんじん》とは、先日《せんじつ》高樹《たかぎ》がプロデュースしてみないかと言《い》っていた高校生《こうこうせい》バンドだろう。

だけど自分《じぶん》はその依頼《いらい》を断《ことわ》ったのだから関係《かんけい》ない。

秋《あき》にはその程度《ていど》の認識《にんしき》でしかなかったのだ。


一方《いっぽう》、噂《うわさ》の新人高校生《しんじんこうこうせい》バンド、理子《りこ》・祐一《ゆういち》・蒼太《そうた》の三人《さんにん》は、初《はじ》めて訪《おとず》れたテレビ局内《きょくない》でひたすらオドオドしていた。

取《と》り巻《ま》きを従《したが》えた華《はな》やかなアーティスト達《たち》が、次々《つぎつぎ》と目《め》の前《まえ》を行《い》き交《か》う。

番組《ばんぐみ》スタッフの怒鳴《どな》り声《ごえ》のような指示《しじ》が、廊下中《ろうかじゅう》に響《ひび》いている。

どう考《かんが》えても、普通《ふつう》の高校生《こうこうせい》の自分達《じぶんたち》がいていい場所《ばしょ》じゃない。

祐一《ゆういち》などは緊張《きんちょう》のあまり近《ちか》くのトイレに駆《か》け込《こ》んだくらいだ。

「そーちゃん、ねぇ、どうしよう……」

「言《い》われるまま来《き》ちゃったけど、完全《かんぜん》アウェーだね、俺《おれ》ら」

「うーんとね、それもそうなんだけど……小笠原《おがさわら》さんの件《けん》」

「？」

理子《りこ》は祐一《ゆういち》がいない隙《すき》を見計《みはか》らって、蒼太《そうた》に秋《あき》とのことを相談《そうだん》してみる。最近《さいきん》の祐一《ゆういち》は、なぜか秋《あき》の話題《わだい》を出《だ》すだけで不機嫌《ふきげん》になるから。

「あたし、まだ小笠原《おがさわら》さんに言《い》ってなくて……」

「え」

理子《りこ》が落《お》ち込《こ》んでいるのを見《み》て、蒼太《そうた》もつられるように眉尻《まゆじり》をへの字《じ》に下《さ》げた。

『歌《うた》う女《おんな》は嫌《きら》い』と言《い》う秋《あき》に『実《じつ》は歌《うた》う女《おんな》です』と正直《しょうじき》に告白《こくはく》できなくて、理子《りこ》はここ数《すう》日悩《じつなや》みに悩《なや》んでいる。

早《はや》く……早《はや》く言《い》わなきゃと思《おも》うのに、この前《まえ》みたいに強《つよ》く抱《だ》きしめられれば、あまりに幸《しあわ》せすぎてますます本当《ほんとう》のことが言《い》えなくなってしまうのだ。

『やっぱり歌《うた》う女《おんな》は嫌《きら》い』と秋《あき》に振《ふ》られでもしたら、理子《りこ》は絶対《ぜったい》立《た》ち直《なお》れない。

「あ、茉莉《まり》だ」

「！」

その時《とき》だった。茉莉《まり》がマネージャーやM《エム》ステージのスタッフ達《たち》に周《まわ》りを囲《かこ》まれて、理子《りこ》の前《まえ》を通《とお》り過《す》ぎたのは。テレビ局《きょく》には芸能人《げいのうじん》ばかり集《あつ》まっているのに、その中《なか》でもやっぱり茉莉《まり》は特別《とくべつ》な存在《そんざい》。キラキラとしたオーラが目《め》に見《み》えるようだった。

「キ、キレイ……」

理子《りこ》は蒼太《そうた》に持《も》ちかけた相談《そうだん》のことなどすっかり忘《わす》れて、茉莉《まり》の後《うし》ろ姿《すがた》に見《み》とれる。

さらに、

「いい匂《にお》いした。今《いま》、いい匂《にお》いした！」

と無邪気《むじゃき》にはしゃげば、蒼太《そうた》も興奮《こうふん》気味《ぎみ》にうなずく。そんな二人《ふたり》の姿《すがた》を見《み》つけて、心也《しんや》が足早《あしばや》に近《ちか》づいてきた。

「茉莉《まり》さん、好《す》き？」

「あ、はい。超好《ちょうす》きです。女子《じょし》の憧《あこが》れです！」

「茉莉《まり》の『ＹＯＵ《ユー》』って曲《きょく》は、実《じつ》はＡＫＩ《アキ》君《くん》が書《か》いてんだよ」

「？　高樹《たかぎ》さんじゃないんですか？」

理子《りこ》は素朴《そぼく》な疑問《ぎもん》を返《かえ》した。理子《りこ》の知《し》る限《かぎ》り『ＹＯＵ《ユー》』の作曲者《さっきょくしゃ》は高樹《たかぎ》だったはずだ。

「んー、まぁ音楽《おんがく》の世界《せかい》には色々《いろいろ》あってね。そのうちわかるよ。あ、こっち」

心也《しんや》は苦笑《くしょう》しながら、言葉尻《ことばじり》を濁《にご》す。そのまま理子達《りこたち》を連《つ》れて、スタジオ内《ない》に入《はい》った。

「うわー、うわー、うわーっ」

華《はな》やかなセットが組《く》まれたスタジオ内《ない》は、まるで夢《ゆめ》の世界《せかい》のようだった。理子《りこ》は心也《しんや》の後《うし》ろを歩《ある》きながらも、感嘆《かんたん》の声《こえ》を上《あ》げることしかできない。

「今日《きょう》やるクリプレの新曲《しんきょく》も、もちろんＡＫＩ《アキ》君《くん》が書《か》いてる。お客《きゃく》さんとしては君達《きみたち》が初《はじ》めて聴《き》くことになるね」

スタジオに入《はい》った後《あと》も心也《しんや》はＡＫＩ《アキ》の話題《わだい》を続《つづ》けていた。クリプレの新曲《しんきょく》を誰《だれ》よりも早《はや》く聴《き》ける幸運《こううん》に、蒼太《そうた》が「やった」とガッツポーズを取《と》る。

「あの……どんな人《ひと》ですか？　ＡＫＩ《アキ》って」

理子《りこ》は思《おも》わず好奇心《こうきしん》から、心也《しんや》に質問《しつもん》していた。クリプレの大《だい》ファンである理子《りこ》にとって、表《おもて》に出《で》てこないＡＫＩ《アキ》はとてもミステリアスな存在《そんざい》だ。

「総《そう》じて言《い》うと、とっても間抜《まぬ》けな人《ひと》？」

「マヌケ？」

だけど、心也《しんや》から返《かえ》ってきた答《こた》えは意外《いがい》なものだった。マヌケ……という単語《たんご》とＡＫＩ《アキ》のイメージがなんとなく繋《つな》がらなくて、理子《りこ》は小《ちい》さく首《くび》を傾《かし》げる。

「だって彼《かれ》、明《あき》らかに天才《てんさい》なのに、自分《じぶん》のこと凡人《ぼんじん》だって信《しん》じてんだもん。笑《わら》えるっていうか、たまに本当《ほんとう》にバカなんじゃないかって思《おも》う」

「……あたし、AKI《アキ》の作《つく》る曲《きょく》が、大好《だいす》きです」

「僕《ぼく》も、うん……好《す》きだよ」

理子《りこ》の言葉《ことば》に、心也《しんや》も素直《すなお》にうなずいた。それはどこか複雑《ふくざつ》な思《おも》いを含《ふく》んだ表情《ひょうじょう》で――

「……時々《ときどき》やんなるくらいにね」

「？」

次《つぎ》の瞬間《しゅんかん》、ボソリと漏《も》れた心也《しんや》の小《ちい》さなつぶやき。だけど心也《しんや》と知《し》り合《あ》ったばかりの理《り》子《こ》は、その言葉《ことば》の意味《いみ》を正《ただ》しく理解《りかい》することはできなかった。

一方《いっぽう》、心也《しんや》や理子達《りこたち》に噂《うわさ》されているとも知《し》らず、秋《あき》はスタジオに向《む》かう前《まえ》に男子《だんし》トイレに立《た》ち寄《よ》った。そしてトイレに入《はい》ってすぐ、見覚《みおぼ》えのある人物《じんぶつ》が洗面所《せんめんじょ》で手《て》を洗《あら》っているのを目撃《もくげき》する。

「え……？」

「おまっ、ニート⁉　なんでここにいんだよっ⁉」

秋《あき》をニート呼《よ》ばわりした人物《じんぶつ》とは、もちろん理子《りこ》と蒼太《そうた》と一緒《いっしょ》にスタジオ見学《けんがく》に来《き》ていた祐一《ゆういち》だ。秋《あき》は祐一《ゆういち》の姿《すがた》を確認《かくにん》した瞬間《しゅんかん》、胸《むね》の奥《おく》でざわざわとした嫌《いや》な予《よ》感《かん》を感《かん》じる。

「君《きみ》、確《たし》か理子《りこ》の……どうしてここに。見学《けんがく》？」

それでも何《なん》とか平静《へいせい》を保《たも》ちつつ、秋《あき》は祐一《ゆういち》に尋《たず》ねた。祐一《ゆういち》は祐一《ゆういち》で秋《あき》をあからさまに敵《てき》視《し》しながらも、自慢《じまん》げに質問《しつもん》に答《こた》える。

「ふん。俺達《おれたち》スカウトされたんだよ、スカウト。仕事《しごと》もない誰《だれ》かさんとは違《ちが》うから」

「スカウト？　誰《だれ》に」

祐一《ゆういち》から返《かえ》ってきた名前《なまえ》を聞《き》いて――とうとう秋《あき》の理性《りせい》の糸《いと》が切《き》れた。


秋《あき》はトイレを飛《と》び出《だ》し、スマホで高樹《たかぎ》に連絡《れんらく》を入《い》れた。テレビ局内《きょくない》は広《ひろ》すぎて、すぐに高樹《たかぎ》がつかまらないからだ。だがわざわざ電話《でんわ》する必要《ひつよう》はなかったようだ。なぜなら廊下《ろうか》の先《さき》で高樹《たかぎ》がスマホを取《と》るのを目撃《もくげき》したから。秋《あき》は一直線《いっちょくせん》に高樹《たかぎ》のもとに走《はし》り寄《よ》り、怒《いか》りの形相《ぎょうそう》で詰《つ》め寄《よ》る。

「おい、どういうことだよっ」

「⁉」

突然《とつぜん》肩《かた》をつかまれた高樹《たかぎ》は、何事《なにごと》かと驚《おどろ》いた。だけど今《いま》の秋《あき》に、高樹《たかぎ》の心境《しんきょう》など思《おも》いやっている余裕《よゆう》はない。

それから秋《あき》は、高樹《たかぎ》と一緒《いっしょ》に喫煙《きつえん》ルームに移動《いどう》して話《はなし》を聞《き》いた。高樹《たかぎ》がスカウトした高《こう》校生《こうせい》バンドが理子《りこ》達《たち》だったことが判明《はんめい》し、秋《あき》の機嫌《きげん》は最悪《さいあく》になった。

「アハハハハ。マジかお前《まえ》」

「笑《わら》い事《ごと》じゃない」

大笑《おおわら》いしている高樹《たかぎ》を見《み》て、秋《あき》の眉間《みけん》の皺《しわ》がこれ以上《いじょう》ないほど深《ふか》くなった。よりにもよって秋《あき》のカノジョである理子《りこ》をスカウトするなんて、これも何《なに》かの悪巧《わるだく》みの一種《いっしゅ》かと疑《うたが》ってしまう。だけど高樹《たかぎ》は首《くび》を横《よこ》に振《ふ》り、秋《あき》の推測《すいそく》を否定《ひてい》した。

「偶然《ぐうぜん》だよ、いやホントに。ま、偶然《ぐうぜん》っていうか、そもそも声《こえ》フェチのお前《まえ》が選《えら》ぶくらいの女《おんな》だからな」

「声《こえ》？」

「なにお前《まえ》、あの子《こ》の歌声《うたごえ》知《し》らねーで付《つ》き合《あ》ってたの？」

「……理子《りこ》を使《つか》って何《なに》する気《き》だ」

秋《あき》は高樹《たかぎ》の質問《しつもん》には答《こた》えなかった。それよりも今《いま》は、高樹《たかぎ》が理子《りこ》をスカウトした本当《ほんとう》の理由《りゆう》が知《し》りたい。

「仕事《しごと》だよ、ビジネス。音楽《おんがく》という嗜好品《しこうひん》を言葉巧《ことばたく》みに人民《じんみん》に売《う》りつける金儲《かねもう》け」

「あんたのそういうとこ、吐《は》き気《け》がする」

案《あん》の定《じょう》、高樹《たかぎ》から返《かえ》ってきたのは、秋《あき》の最《もっと》も嫌《きら》うタイプの答《こた》えだった。音楽《おんがく》を売《う》り物《もの》と割《わ》り切《き》る彼《かれ》のスタイルに、秋《あき》は昔《むかし》からついていけない。

「お前《まえ》ナニ眠《ねむ》いこと言《い》ってんだ。クリプレだってそうやって売《う》れてきたんだろ」

「……理子《りこ》だけはあんたのオモチャにさせない」

きっぱりと、秋《あき》は高樹《たかぎ》の目《め》を見《み》て宣戦布告《せんせんふこく》した。すでにクリプレのデビューの時《とき》にあんなに傷《きず》ついたのだ。あんな辛《つら》い思《おも》いを、理子《りこ》にだけはさせたくない。

「それより、こんなところで遊《あそ》んでていいのか？　心也《しんや》が宝物《たからもの》にするって言《い》ってたぞ」

「！」

しかし高樹《たかぎ》は、さらに秋《あき》が驚《おどろ》くようなことを口《くち》にする。

そうだ。自分《じぶん》が高樹《たかぎ》の話《はなし》を断《ことわ》ってしまったために、理子《りこ》のプロデュースは心也《しんや》に託《たく》されたのだ。秋《あき》が最《もっと》もコンプレックスを抱《かか》え、誰《だれ》よりも脅威《きょうい》を感《かん》じる心也《しんや》に――


「カメリハ行《い》きまーす！　曲《きょく》ふりまで十秒前《じゅうびょうまえ》！」

スタジオ内《ない》では、すでにクリプレのカメラリハーサルが始《はじ》まっていた。

スタジオの隅《すみ》で見学《けんがく》する理子《りこ》は、クリプレの生歌《なまうた》に瞳《ひとみ》を輝《かがや》かせている。

「それでは、今夜初披露《こんやはつひろう》となるＣＲＵＤＥ《クリユード》　ＰＬＡＹ《プレイ》の新曲《しんきょく》『サヨナラの準備《じゅんび》は、もうできていた』です」

女子《じょし》アナウンサーの曲紹介《きょくしょうかい》が終《お》わると、哲平《てっぺい》の「ワン、ツー」の声《こえ》に合《あ》わせ、イントロが流《なが》れ始《はじ》める。本番《ほんばん》さながらに華《はな》やかなライトが光《ひか》り、腹《はら》の底《そこ》から響《ひび》くような重低音《じゅうていおん》がスタジオ内《ない》に広《ひろ》がる。

そこにようやく、トイレに行っていた祐一《ゆういち》が戻《もど》ってきた。トイレで秋《あき》と遭遇《そうぐう》していた祐《ゆう》一《いち》は小声《こごえ》で、

「おい、理子《りこ》」

と呼《よ》びかけるが、理子《りこ》は目《め》をつぶり、全身《ぜんしん》で音楽《おんがく》を感《かん》じている。

重厚感《じゅうこうかん》を深《ふか》めたリズムパート。

キレのある高音《こうおん》と少《すこ》し感傷的《かんしょうてき》な美《うつく》しい旋律《せんりつ》。

好《す》きな女性《じょせい》との別《わか》れを歌《うた》ったクリプレの失恋《しつれん》ソングは、まるで大《おお》きな波紋《はもん》のように理子《りこ》の心《こころ》と体《からだ》に浸透《しんとう》していった。

「……？　この曲《きょく》……」

さらに曲《きょく》がB《ビー》メロに入《はい》った瞬間《しゅんかん》、理子《りこ》は閉《と》じていた目《め》を開《ひら》いた。

この曲《きょく》、どこかで聞《き》いたことがある。

理子《りこ》の耳《みみ》は、このメロディを確《たし》かに覚《おぼ》えていたのだ。

すぐに思《おも》い出《だ》すのは、秋《あき》と初《はじ》めて出会《であ》った時《とき》、彼《かれ》が口《くち》ずさんでいた美《うつく》しいメロディー。

クリプレの新曲《しんきょく》は、あの時《とき》の曲《きょく》とまるで同《おな》じに聴《き》こえる。

ただ違《ちが》うのは、メロディに切《せつ》ない歌詞《かし》がついていることだ。

♪サヨナラの準備《じゅんび》は、もうできていた
いつだって　いまだって　ずっとずっと
エンディングはたしかに始《はじ》まっていた
Ｇｌｏｒｙ《グロウリィ》　ｄａｙｓ《ディズ》！　僕《ぼく》らにサヨナラ

隅田川《すみだがわ》の舗道《ほどう》で秋《あき》が口《くち》ずさんでいた歌《うた》と、目《め》の前《まえ》の瞬《しゅん》の歌《うた》がぴたりと重《かさ》なり、理《り》子《こ》は呆《ぼう》然《ぜん》とする。

考《かん》えてもいなかったある可能性《かのうせい》が脳内《のうない》を占《し》めて、ひどく混乱《こんらん》した。

「理子《りこ》」

「！」

そんな理子《りこ》に追《お》い打《う》ちをかけるように、この場《ば》にはいないはずの人《ひと》が理子《りこ》の目《め》の前《まえ》に現《あらわ》れた。

秋《あき》だ。

クリプレのカメリハが続《つづ》く中《なか》、秋《あき》はゆっくりと理子《りこ》に近《ちか》づいていく。

もちろん突然現《とつぜんあらわ》れた秋《あき》に祐一《ゆういち》も蒼太《そうた》もびっくりし、マイクに向《む》かって歌《うた》う瞬《しゅん》も、ベースを弾《ひ》く心也《しんや》も、スタジオの一角《いっかく》で何《なに》かが起《お》きていることに気《き》づいた。

高樹《たかぎ》や美和子《みわこ》も二階《にかい》の廊下部分《ろうかぶぶん》から秋《あき》と理子《りこ》の様子《ようす》を眺《なが》めている。

理子《りこ》は突然現《とつぜんあらわ》れた秋《あき》に対《たい》し、くしゃりと表情《ひょうじょう》を崩《くず》した。

「……どうして」

「……」

「……どうして？」

「……」

震《ふる》えがちな声《こえ》で理子《りこ》に尋《たず》ねられ、秋《あき》もまた悲《かな》しそうに目《め》を伏《ふ》せた。

——違《ちが》う、こんな形《かたち》で理子《りこ》に知《し》らせたかったわけじゃない。

だけどもう事実《じじつ》を隠《かく》せなくなって、秋《あき》は正直《しょうじき》に告白《こくはく》した。

「……ごめん。嘘《うそ》、ついてた」

「？」

「僕《ぼく》の名前《なまえ》はシンヤじゃなくて――秋《あき》」

「え？」

「小笠原《おがさわら》、秋《あき》」

「秋《あき》って……！」

秋《あき》が自分《じぶん》の名《な》を口《くち》にした時《とき》、理子《りこ》はハッと息《いき》を飲《の》む。

「……そう。クリプレのＡＫＩ《アキ》なんだ」

「!?」

驚《おどろ》きのあまり、再《ふたた》び理子《りこ》はその場《ば》で固《かた》まった。

その間《あいだ》もずっと、クリプレの切《せつ》ないバラードが流《なが》れ続《つづ》ける。

結局秋《けっきょくあき》が理子《りこ》についた嘘《うそ》は、こうして最悪《さいあく》な形《かたち》でバレることになったのだ……。


――その日《ひ》の夜《よる》。

秋《あき》と理子《りこ》は隅田川《すみだがわ》の水上《すいじょう》バスに二人《ふたり》で乗《の》っていた。陸側《りくがわ》からでなく、川《かわ》の上《うえ》から見《み》る東《とう》京《きょう》の風景《ふうけい》はまたいつもとは違《ちが》って見《み》える。その水上《すいじょう》バスの上《うえ》で、秋《あき》は再《ふた》び理子《りこ》に謝《あやま》ってい
た。

「ニートも嘘《うそ》。歌《うた》う女《おんな》が嫌《きら》いって言《い》ったのも嘘《うそ》」

「あの……あたし」

戸惑《とまど》っている理子《りこ》を前《まえ》にして、少《すこ》し震《ふる》えがちな秋《あき》の声《こえ》が響《ひび》く。

「たぶんホントは、あの川沿《かわぞ》いの舗道《ほどう》で初《はじ》めて理子《りこ》の声《こえ》を聴《き》いた時《とき》から気《き》づいてた。理子《りこ》
が歌《うた》うってこと」

「そう……だったんですか……」

「それなのに、歌《うた》うな、なんて言《い》って。嘘《うそ》ばっかついてごめん」

「……」

そう秋《あき》に素直《すなお》に謝《あやま》られても、理子《りこ》はどうしていいかわからなかった。

まさか、自分《じぶん》の初《はつ》カレがクリプレのＡＫＩ《アキ》だったなんて……。

この時《とき》、理子《りこ》の混乱《こんらん》はまだ続《つづ》いていたのだ。

それから秋《あき》に連《つ》れられ、理子《りこ》は彼《かれ》のマンションを訪《おとず》れた。

エレベーターに乗《の》っている間《あいだ》、長《なが》い沈黙《ちんもく》が流《なが》れる。その沈黙《ちんもく》を打《う》ち破《やぶ》ったのは、理子《りこ》の方《ほう》だった。

「でもあたし、やっぱり小笠原《おがさわら》さんは嘘《うそ》つきじゃないと思《おも》います」

「え……」

秋《あき》は驚《おどろ》いて理子《りこ》を振《ふ》り返《かえ》る。すると理子《りこ》は自分《じぶん》の胸元《むなもと》に手《て》を当《あ》て、一言一言《ひとことひとこと》慎重《しんちょう》になりながら自分《じぶん》の思《おも》いを口《くち》にした。

「だって、音楽《おんがく》を聴《き》けばわかるから」

「！」

「初《はじ》めてあの鼻歌《はなうた》を聴《き》いた時《とき》、あたしには悲鳴《ひめい》みたいに聴《き》こえて……あたしのココに、ちゃんと届《とど》いたの。だから守《まも》ってあげなきゃって」

「……」

「だから、あたしにとっては誰《だれ》よりも正直《しょうじき》な人《ひと》です」

「……っ！」

ふわり、と理子《りこ》がいつものように微笑《ほほえ》むのを見《み》て、秋《あき》は衝撃《しょうげき》を受《う》けた。

まさか……まさかこんな子《こ》がいるなんて。

あれだけわかりやすくてひどい嘘《うそ》をついた秋《あき》を、理子《りこ》は責《せ》めるどころか正直《しょうじき》な人《ひと》だと受《う》け止《と》めてくれる。……ありのままの秋《あき》を認《みと》めてくれる。

ああ、なんという包容力《ほうようりょく》だろう。

本当《ほんとう》は自分《じぶん》よりも年下《としした》の理子《りこ》の方《ほう》がずっとずっと強《つよ》い人間《にんげん》なのかもしれない。

秋《あき》はますます理子《りこ》のことが愛《いと》おしくなった。


それから秋《あき》の部屋《へや》に直結《ちょっけつ》しているエレベーターの扉《とびら》が開《ひら》き、秋《あき》は自分《じぶん》の部屋《へや》の中《なか》に足《あし》を踏《ふ》み入《い》れた。……が、理子《りこ》が後《あと》をついてこないのに気《き》づいて、声《こえ》をかける。

「どした？」

「……」

理子《りこ》はどうやら緊張《きんちょう》して、エレベーターの中《なか》から動《うご》けないようだ。秋《あき》はそんな理子《りこ》に手《て》を差《さ》し出《だ》し、

「大丈夫《だいじょうぶ》。理子《りこ》に知《し》ってほしいんだ、本当《ほんとう》の僕《ぼく》を」

「……」

と、部屋《へや》の中《なか》に誘《さそ》った。理子《りこ》は決心《けっしん》して、恐《おそ》る恐《おそ》る秋《あき》の部屋《へや》の中《なか》に入《はい》る。

するとちょっとしたレコーディングスタジオ並《な》みの機材《きざい》が並《なら》んだ秋《あき》の作曲《さっきょく》スペースが見《み》えた。棚《たな》にはクリプレのCD《シーディー》。パソコンの画面《がめん》には書《か》きかけの曲《きょく》のデータ。そこは確《たし》かに、クリプレのAKI《アキ》の部屋《へや》だった。

「本当《ほんとう》に、AKI《アキ》なんですね」

きょろきょろと部屋《へや》の中《なか》を観察《かんさつ》する理子《りこ》を見《み》て、秋《あき》は苦笑《くしょう》する。

「でも、不思議《ふしぎ》です」

「ん?」

「クリプレのAKI《アキ》って聞《き》いても、あたしの中《なか》の小笠原《おがさわら》さんは、初《はじ》めて会《あ》った時《とき》から何《なに》も

変《か》わんないや」

「……」

さらに理子《りこ》は、部屋《へや》の隅《すみ》に置《お》かれていた一本《いっぽん》のベース——スティングレイに注目《ちゅうもく》した。このスティングレイだけは、手《て》の当《あ》たる部分《ぶぶん》がへこんだりしていて、やけに古《ふる》いものだ。

理子《りこ》の視線《しせん》に気《き》づいて、秋《あき》はスティングレイに手《て》を伸《の》ばす。

「これ、十二《じゅうに》の時《とき》、初《はじ》めて買《か》ってもらった楽器《がっき》なんだ」

「何《なん》でベース？」

「ホントはギターが欲《ほ》しかったんだけど……」

秋《あき》は懐《なつ》かしそうにスティングレイを握《にぎ》りながら、このベースを手《て》に入《い》れた時《とき》のことを話《はな》し始《はじ》めた。

「誕生日《たんじょうび》ん時《とき》に親父《おやじ》がさ、貯金《ちょきん》はたいて店《みせ》でイッチ番高《ばんたか》いギター買《か》ってきたぞって。すんげードヤ顔《がお》で」

もともとは幼《おさな》なじみの瞬《しゅん》が先《さき》にギターを手《て》に入《い》れて、秋《あき》はそれをうらやましく思《おも》っていた。秋《あき》の父《ちち》は、そんな息子《むすこ》の気持《きも》ちに気《き》づいていたのだろう。決《けっ》して裕福《ゆうふく》だとは言《い》えない家庭《かてい》だったのに、無理《むり》をしてギターを買《か》ってくれた。秋《あき》は、その父《ちち》の思《おも》いが涙《なみだ》が出《で》るほど嬉《うれ》しかった。だから『俺《おれ》もギターを手《て》に入《い》れたぞ！』と瞬《しゅん》に報告《ほうこく》しようと思《おも》って、すぐに幼《おさな》なじみの家《いえ》を訪《おとず》れたのだ。だけど……。

「もう大喜《おおよろこ》びで開《あ》けたらさ……」

だけどケースの中《なか》に入《はい》っていたのは……ギターではなくベースだった。

ギターとベースは形《かたち》こそ似《に》ているものの、楽器《がっき》としての役割《やくわり》は違《ちが》う。ギターが主旋律《しゅせんりつ》を奏《かな》でるメイン楽器《がっき》ならば、ベースはドラムと共《とも》にリズムや低音《ていおん》を刻《きざ》む裏方《うらかた》の役目《やくめ》なのだ。

でもおそらく、秋《あき》の父親《ちちおや》はそんな違《ちが》いなんか知《し》らなかったんだろう。ただ見《み》た目《め》と『一番高《いちばんたか》いやつ』という条件《じょうけん》だけで、ギターではなくベースを買《か》ってきてしまった。

『お前《まえ》これ、ギターじゃなくベースじゃん！』と瞬《しゅん》に笑《わら》われて、秋《あき》は泣《な》きそうな顔《かお》で瞬《しゅん》からベースを奪《うば》い返《かえ》した。たとえ間違《まちが》いでも、これは秋《あき》の父《ちち》が秋《あき》のために買《か》ってくれた最高《さいこう》のプレゼントなのだ。

「で、そん時瞬《ときしゅん》が言《い》ったんだ。『これでバンドできんじゃん』って」

秋《あき》は当時《とうじ》のことを振《ふ》り返《かえ》りながら笑《わら》った。

あの時《とき》の瞬《しゅん》の言葉《ことば》があったからこそ、今《いま》の秋《あき》やクリプレが存在《そんざい》する。

「そこに薫《かおる》と哲平《てっぺい》も加《くわ》わって、四人《よにん》で猛練習《もうれんしゅう》してさ……」

秋《あき》は愛《いと》しそうにスティングレイを撫《な》でながら、高校生時代《こうこうせいじだい》を振《ふ》り返《かえ》った。

バンドを始《はじ》めたばかりのあの頃《ころ》、音楽《おんがく》は秋《あき》の心《こころ》を満《み》たし、輝《かがや》かせるものだった。

だけどあれから五年《ごねん》たって、秋《あき》はもう純粋《じゅんすい》なだけではいられなくなっている。

「……あの頃《ころ》は本当《ほんとう》に楽《たの》しかったな」

「小笠原《おがさわら》さんのベースも聴《き》いてみたいです」

「………」

理子《りこ》がリクエストすると、秋《あき》の表情《ひょうじょう》が一瞬固《いっしゅんかた》まった。

理子《りこ》の望《のぞ》むとおり、ここでベースを弾《ひ》いてやればどれだけいいだろう。

だけど心也《しんや》に比《くら》べたら、自分《じぶん》のベースはあまりに拙《つたな》すぎる。

それでなくても、自分《じぶん》はすでにクリプレをやめた身《み》なのだ。高校生《こうこうせい》の頃《ころ》のように、無邪《むじゃ》気《き》な気持《きも》ちでスティングレイを弾《ひ》くことは……もうできない。

「ベースはバンドで弾《ひ》くもんだから……また今度《こんど》ね」

だから秋《あき》は苦《くる》しまぎれにそう言《い》って、スティングレイを静《しず》かに元《もと》の位置《いち》に戻《もど》した。

理子《りこ》は理子《りこ》でリクエストが却下《きゃっか》されたことに、ぶうっと口《くち》を尖《とが》らせる。その直後《ちょくご》、近《ちか》くの棚《たな》に『卒業《そつぎょう》』のシングルCD《シーディー》を見《み》つけて、理子《りこ》はそれを手《て》にした。

「あたし、この歌《うた》が好《す》きです。あそこが笑《わら》っちゃうんですよね、給食《きゅうしょく》のパンがマズいってとこ」

ふと無意識《むいしき》に、『♪代《か》わり映《ば》えしないいつもの教室《きょうしつ》に……』と、理子《りこ》は『卒業《そつぎょう》』の一節《いっせつ》をハミングした。――が、すぐに「あっ！」と思《おも》い返《かえ》し、ハミングするのをやめる。

理子《りこ》が咄嗟《とっさ》に何《なに》を思《おも》ったのかわかったのだろう。秋《あき》はベースの代《か》わりにアコースティックギターを取《と》ると、理子《りこ》が歌《うた》いかけていた『卒業《そつぎょう》』のメロディを弾《ひ》き始《はじ》めた。

『歌《うた》ってもいいよ』

そう無言《むごん》で促《うなが》された理子《りこ》は、「じゃあ」と気《き》を取《と》り直《なお》して歌《うた》い始《はじ》める。

♪代《か》わり映《ば》えしないいつもの教室《きょうしつ》に
かけがえのない大切《たいせつ》な仲間《なかま》がいる

「給食《きゅうしょく》のパンてどうして
こんなにパサついているんだろう⁉」
そんなこと言《い》い合《あ》えるのも
もう少《すこ》しで終《お》わってしまうんだね

♪変《か》わっていこうぜ
やりたいことまだ見《み》つからなくても
笑《わら》っていようぜ
俺《おれ》たちは俺《おれ》たちを卒業《そつぎょう》しないから

「！」

秋《あき》の弾《ひ》く繊細《せんさい》なメロディと、子守唄《こもりうた》のような理子《りこ》の優《やさ》しい声《こえ》が重《かさ》なり、美《うつく》しい和音《わおん》になる。その音《おと》はやがて大《おお》きな波紋《はもん》となり、渦《うず》となり、秋《あき》を大《おお》きく飲《の》み込《こ》んでいった。

この時《とき》、秋《あき》は咄嗟《とっさ》に、しまった、と思《おも》った。

好《す》きだ、と思《おも》った。
今《いま》までちゃんと理子《りこ》の歌《うた》を聴《き》いたことがなかったことを、心《こころ》の底《そこ》から後悔《こうかい》する。

♪このごろママは子育《こそだ》て放棄中《ほうきちゅう》
パパは寛容《かんよう》と理解《りかい》のプリテンダー
だからスティングレイ鳴《な》らして
お前《まえ》らと朝《あさ》まで語《かた》って
そんな時間《じかん》が永遠《えいえん》に
続《つづ》くといいなと思《おも》っているんだ

楽《たの》しそうに歌《うた》う理子《りこ》を見《み》て、秋《あき》も一緒《いっしょ》にハモり始《はじ》めた。
二人《ふたり》の声《こえ》は部屋《へや》の中《なか》で大《おお》きく反響《はんきょう》し、最高《さいこう》のセッションとなる。
こうして理子《りこ》の声《こえ》は、秋《あき》の心《こころ》をあっけなく魅了《みりょう》した。
いや、魂《たましい》を縛《しば》り付《つ》けるほど、秋《あき》の全《すべ》てを奪《うば》っていったのだ——

その後《あと》、秋《あき》は理子《りこ》を家《いえ》の前《まえ》まで送《おく》っていった。

ギュッと固《かた》く手《て》を繋《つな》いで、シャッターの下《お》りた商店街《しょうてんがい》を二人《ふたり》で歩《ある》く。

理子《りこ》が「ここです…」と青果店《せいかてん》の前《まえ》で指《ゆび》さした時《とき》も、繋《つな》いだ手《て》を放《はな》したくなくて彼女《かのじょ》を送《おく》り出《だ》すのにひどく苦労《くろう》した。

「じゃあ……」

「じゃあ……」

理子《りこ》は名残惜《なごりお》しそうに、手《て》を振《ふ》りながら半開《はんびら》きのシャッターをくぐる。

もちろん秋《あき》も理子《りこ》に手《て》を振《ふ》り返《かえ》した。

……が、秋《あき》がその場《ば》から離《はな》れようと歩《ある》き出《だ》しても、シャッターの奥《おく》でバイバイする理子《りこ》の手《て》だけが見《み》え続《つづ》けている。そんな理子《りこ》の可愛《かわい》い仕草《しぐさ》に、秋《あき》はまた口元《くちもと》を緩《ゆる》めた。

「早《はや》く行《い》けよ」

理子《りこ》の手《て》が店《みせ》の奥《おく》へと消《き》えていくのを確認《かくにん》してから、秋《あき》は笑顔《えがお》でその場《ば》を去《さ》る。

胸《むね》の中《なか》に暖《あたた》かい思《おも》いが広《ひろ》がり、これ以上《いじょう》ないほど秋《あき》を幸《しあわ》せにした。


帰《かえ》り道《みち》の途中《とちゅう》、佃大橋《つくだおおはし》に差《さ》しかかったところで、不意《ふい》に秋《あき》の頭《あたま》の中《なか》に音楽《おんがく》が流《なが》れ始《はじ》めた。

当然《とうぜん》、頭《あたま》の中《なか》で歌《うた》っているのは理子《りこ》だ。

理子《りこ》にこんな曲《きょく》を歌《うた》わせたい。

あの少《すこ》しハスキーなボイスに、高音《こうおん》ギリギリのメロディを歌《うた》わせたら、どんなふうに表《ひょう》現《げん》してくれるだろう。

そう考《かんが》え出《だ》したら、もう止《と》まらなかった。

車《くるま》のクラクション、船《ふね》の汽笛《きてき》、周囲《しゅうい》の雑音《ざつおん》が、全《すべ》て音楽《おんがく》になっていく。

秋《あき》は全速力《ぜんそくりょく》で走《はし》り出《だ》した。

早《はや》く、早《はや》く、一刻《いっこく》も早《はや》くこのメロディをちゃんとした形《かたち》にしたい――！

秋《あき》はその勢《いきお》いのまま真《ま》っ暗《くら》な自分《じぶん》の部屋《へや》に駆《か》け込《こ》み、パソコンを立《た》ち上《あ》げる。

が、こんな時《とき》に限《かぎ》ってパソコンの起動《きどう》が遅《おそ》い。イライラした秋《あき》は、

「あ――、もうっ！」

と、スマホに向《む》かって、思《おも》いついたメロディを吹《ふ》き込《こ》んでいく。

理子《りこ》のための曲《きょく》を作《つく》ることが、とてもとても楽《たの》しかった。

それは秋《あき》がこの五年《ごねん》の間《あいだ》に失《うしな》ってしまった、音楽《おんがく》への情熱《じょうねつ》――そのものだった。

4　動《うご》き出《だ》した世界《せかい》

理子《りこ》に全《すべ》ての嘘《うそ》を打《う》ち明《あ》け、彼女《かのじょ》の歌《うた》を聴《き》いた翌日《よくじつ》。

秋《あき》はオフィス・タカギの社長室《しゃちょうしつ》で深々《ふかぶか》と頭《あたま》を下《さ》げた。もちろん真正面《ましょうめん》に座《すわ》っているのは高樹《たかぎ》だ。

「……僕《ぼく》にやらせてください。理子《りこ》の曲《きょく》は僕《ぼく》が書《か》きます」

「プライベートと仕事《しごと》は分《わ》けるんじゃなかったっけ？」

「……お願《ねが》いします」

「……」

「……」

虫《むし》のいい話《はなし》だと、秋《あき》も頭《あたま》ではわかっている。元々《もともと》高樹《たかぎ》は秋《あき》に理子《りこ》のプロデュースをやらせたがっていた。それをろくに話《はなし》も聞《き》かず、一方的《いっぽうてき》に断《ことわ》ったのは秋《あき》の方《ほう》なのだ。だけどどうしても理子《りこ》の曲《きょく》を書《か》きたい。彼女《かのじょ》のプロデュースは自分《じぶん》がしたい。そのためには自分《じぶん》のつまらないプライドなんていくらでも捨《す》ててやる。

秋《あき》はもう一度《いちど》高樹《たかぎ》に向《む》かって頭《あたま》を下《さ》げた。が——

「ダメだ。今更《いまさら》デビューのスケジュールは変《か》えられない。それに、心也《しんや》のデモはもう上《あ》がってる」

「！」

秋《あき》の懇願《こんがん》に対《たい》して、高樹《たかぎ》は非情《ひじょう》な決断《けつだん》を下《くだ》した。プロデューサーとしての高樹《たかぎ》は、秋《あき》の願《ねが》いよりもビジネスの方《ほう》を優先《ゆうせん》させたのだ。秋《あき》は反論《はんろん》することさえ許《ゆる》されず、そのまま社《しゃ》長室《ちょうしつ》を出《で》るしかなかった。

最悪《さいあく》なことに廊下《ろうか》を出《で》たすぐのところで、秋《あき》は心也《しんや》とバッタリでくわした。ただでさえイライラしているのに、こんなタイミングで心也《しんや》に会《あ》うなんて……とますます不機嫌《ふきげん》になる。

「まさか、秋君《あきくん》のカノジョだったなんてね」

「……」

心也《しんや》の方《ほう》はと言《い》えば、秋《あき》がイラついていることに気《き》づいているだろうに、いつものようにすました顔《かお》で話《はな》しかけてくる。ますます秋《あき》の眉間《みけん》の皺《しわ》が深《ふか》くなった。

「なんて顔《かお》してんの。言《い》っとくけど不満《ふまん》を感《かん》じてるのが自分《じぶん》だけだと思《おも》ったら大間違《おおまちが》い」

「え」

「クリプレとしてデビューして五年《ごねん》、君《きみ》は君《きみ》で悩《なや》んできたかも知《し》れないけど、僕《ぼく》は僕《ぼく》でずっと居心地《いごこち》が悪《わる》かった」

「！」

心也《しんや》は今《いま》まで隠《かく》していた本心《ほんしん》を、突然秋《とつぜんあき》にぶつけてきた。それまで不機嫌《ふきげん》だった秋《あき》だが、さすがにこの言葉《ことば》には戸惑《とまど》ってしまう。

「ずっと自分《じぶん》のバンドが欲《ほ》しいと思《おも》ってた。マッシュと出会《であ》って、やっと居場所《いばしょ》を見《み》つけられた気《き》がする」

「マッシュ？」

「カノジョをそう呼《よ》ぶことにしたんだ」

「……」

そう告《つ》げる心也《しんや》は、どこか嬉《うれ》しそうな顔《かお》をしていた。それは今《いま》まで秋《あき》が見《み》たことのなかった表情《ひょうじょう》。まさか心也《しんや》がこんなふうに笑《わら》えるだなんて——

「卑《ひ》怯《きょう》な声《こえ》してるよね、マッシュ」

「……」

「渡《わた》さないよ、君《きみ》には」

「！」

心也《しんや》は秋《あき》にはっきり宣言《せんげん》すると、静《しず》かに廊下《ろうか》を立《た》ち去《さ》っていった。

『渡《わた》さないよ、君《きみ》には』

だけどそれはむしろ、秋《あき》が心也《しんや》に対《たい》して言《い》いたかった言葉《ことば》だ。

渡《わた》さない。

秋《あき》は絶対《ぜったい》理子《りこ》を心也《しんや》に渡《わた》したくない——！

それから自宅《じたく》に戻《もど》った秋《あき》は、一体《いったい》どうすれば自分《じぶん》が理子《りこ》のプロデュースできるだろうと頭《あたま》を抱《かか》えた。机《つくえ》の上《うえ》の楽譜《がくふ》やペンを「クソッ」と苛立《いらだ》ちまかせに払《はら》うが、

「……」

すぐに考《かんが》え直《なお》し、PC《ピーシー》画面上《がめんじょう》の『Debut《デビュー》』というタイトルがつけられたファイルを開《ひら》いて、作曲作業《さっきょくさぎょう》を開始《かいし》する。

とにかく今《いま》は理子《りこ》のために曲《きょく》を書《か》きまくるしかない。秋《あき》は曲作《きょくづく》りに没頭《ぼっとう》していった。

親友《しんゆう》の瞬《しゅん》が秋《あき》を訪《たず》ねてきたのは、その日《ひ》の夜《よる》のことだ。秋《あき》はキッチンで得意料理《とくいりょうり》の餃子《ギョーザ》を焼《や》いている。瞬《しゅん》は待《ま》ちきれないのか、すでにビールを何本《なんぼん》か飲《の》み干《ほ》していた。

「できた曲《きょく》を聴《き》けば、高樹《たかぎ》さんも心也《しんや》も考《かんが》え直《なお》してくれるはず」

「で、クリプレの曲《きょく》は？」

そんな中《なか》で秋《あき》と瞬《しゅん》の話題《わだい》の中心《ちゅうしん》といえば、当然理子《とうぜんりこ》のことだ。秋《あき》は器用《きよう》な手《て》つきでフライパンの中《なか》の餃子《ギョーザ》をひっくり返《かえ》す。

「もちろん書《か》き続《つづ》けるよ」

「できんのか、そんなこと」

「デビューん時《とき》さ、思《おも》ったんだ。クリプレを去《さ》ることだけが僕《ぼく》にできた音楽《おんがく》への良心《りょうしん》だって」

「……」

「でも、逃《に》げたんだよな結局《けっきょく》」

「……」

「今度《こんど》は逃《に》げたくない」

瞬《しゅん》は餃子《ギョーザ》をつまむ箸《はし》を止《と》め、目《め》の前《まえ》の秋《あき》の顔《かお》をじっと見《み》た。

それは親友《しんゆう》の自分《じぶん》がなんと言《い》おうとも、絶対《ぜったい》に諦《あきら》めようとしない決意《けつい》を秘《ひ》めた顔《かお》。

過去《かこ》と向《む》き合《あ》い、今度《こんど》こそ立《た》ち向《む》かいたいと願《ねが》う秋《あき》を、瞬《しゅん》は素直《すなお》に応援《おうえん》したいと思《おも》った。

「あーったく、勝手《かって》にやれ。でもこれだけは言《い》っとく」

「？」

「俺達《おれたち》の曲《きょく》に手《て》を抜《ぬ》くなよ」

「……当然《とうぜん》」

秋《あき》と瞬《しゅん》は顔《かお》を見合《みあ》わせてニッと笑《わら》い合《あ》った。それから猛烈《もうれつ》な勢《いきお》いで、餃子《ギョーザ》を食《た》べ始《はじ》める。

五年前《ごねんまえ》、秋《あき》の中《なか》で止《と》まってしまった時間《じかん》が、理子《りこ》のおかげで再《ふたた》び動《うご》き始《はじ》めたのだ。


「はぁ……」

だけど、めまぐるしく変《か》わっていく世界《せかい》についていけない人間《にんげん》もいた。

他《ほか》ならぬ当事者《とうじしゃ》である理子《りこ》だ。

祐一《ゆういち》や蒼太《そうた》と一緒《いっしょ》に屋上《おくじょう》までお弁当《べんとう》を食《た》べにきた理子《りこ》は、アコギを手《て》にしながらボーッとしている。……と、突然蒼太《とつぜんそうた》が目《め》の前《まえ》で手《て》を振《ふ》り、理子《りこ》は正気《しょうき》に返《かえ》った。

「わ、おー。びっくりした」

「大丈夫《だいじょうぶ》？」

「なんか、嘘《うそ》みたいっていうか……」

「AKI《アキ》さんのこと？」

蒼太《そうた》に問《と》われ、理子《りこ》はかぶりを振《ふ》る。もちろん秋《あき》の正体《しょうたい》には驚《おどろ》いたけど、それ以上《いじょう》に信《しん》じられないのは、自分達《じぶんたち》の置《お》かれているこの状況《じょうきょう》だ。

「いや、っていうより、この間《あいだ》も高樹《たかぎ》さんに言《い》われたの。演奏《えんそう》してるフリしてればいいとか、ゴーストがどうとか、キャラ設定《せってい》がどうとか……」

「蒼太《そうた》なんて、相談《そうだん》もなしに勝手《かって》にドラムって決《き》められてたしなー」

「俺《おれ》らの個性《こせい》とか基本無視《きほんむし》だよね……」

「……」

理子達三人《りこたちさんにん》は、お弁当《べんとう》を食《た》べる手《て》を止《と》めて黙《だま》り込《こ》んだ。最初《さいしょ》は高樹《たかぎ》にスカウトされて無邪気《むじゃき》にはしゃいでいたけど、デビューの話《はなし》が現実味《げんじつみ》を帯《お》びれば帯《お》びるほど、なんだか不安《ふあん》が大《おお》きくなっていく。

楽器《がっき》を弾《ひ》く振《ふ》りもそう。勝手《かって》に担当楽器《たんとうがっき》を変《か》えられたのもそう。

それが芸能界《げいのうかい》の常識《じょうしき》だと教《おし》えられても、普通《ふつう》の高校生《こうこうせい》である自分達《じぶんたち》は、その常識《じょうしき》とやらに納得《なっとく》できずにいるのだ。

「ねぇ、ホントにいいのかな、このままデビューして……」

理子《りこ》は祐一《ゆういち》と蒼太《そうた》に、これからのことを真剣《しんけん》に相談《そうだん》しようとした。

が、それに水《みず》を差《さ》すように、突然《とつぜん》、

『二年三組《にねんさんくみ》、小枝理子《こえだりこ》、君嶋祐一《きみじまゆういち》、山崎蒼太《やまざきそうた》、至急体育館《しきゅうたいいくかん》に来《き》てください』

「え？」

と、校内放送《こうないほうそう》で呼《よ》び出《だ》される。

理子《りこ》は焦《あせ》った。校内放送《こうないほうそう》でわざわざ呼《よ》び出《だ》されるなんて、生《う》まれて初《はじ》めての体験《たいけん》だ。

だけど、呼《よ》び出《だ》しを無視《むし》するわけにもいかず、理子達《りこたち》は急《いそ》いで体育館《たいいくかん》に向《む》かった。

そしてオドオドしながら、扉《とびら》を開《ひら》くと——

「おい、来《き》たぞ！」

「!?」

いきなり目《め》の前《まえ》でパシャパシャという音《おと》と共《とも》に、大量《たいりょう》のフラッシュがたかれた。

その光《ひかり》がまぶしくて、理子《りこ》は咄嗟《とっさ》に目《め》をつぶってしまう。

しかも理子達《りこたち》が戸惑《とまど》っているのも無視《むし》して、突然《とつぜん》どこからか現《あらわ》れた宣伝《せんでん》マンが、三人《さんにん》を舞台中央《ぶたいちゅうおう》に引《ひ》っ張《ぱ》り出《だ》した。

ようやくカメラのフラッシュのまぶしさに慣《な》れて目《め》を開《ひら》くと、体育館《たいいくかん》にはいつの間《ま》にか多《おお》くのマスコミと、学校《がっこう》の生徒達《せいとたち》が集《あつ》められていて……。

「お待《ま》たせしましたー。この三人《さんにん》がこの夏《なつ》、ミュージシャンとしてデビューが決《き》まった……その名《な》も、『MUSH《マッシュ》 &《アンド》 Co.《コー》』です！」

「！」

さらに宣伝《せんでん》マンのアナウンスと同時《どうじ》に暗幕《あんまく》が落《お》ち、三人《さんにん》の背後《はいご》に巨大《きょだい》なペプシNEX《ネックス》のパネルが現《あらわ》れる。そこには『デビュー決定《けってい》！　MUSH《マッシュ》 &《アンド》 Co.《コー》』の文字《もじ》が書《か》かれていて、理子達三人《りこたちさんにん》は宣伝《せんでん》マンに無理《むり》やりペプシのペットボトルを握《にぎ》らされた。

体育館《たいいくかん》に集《あつ》められた生徒達《せいとたち》の間《あいだ》からわっと歓声《かんせい》が上《あ》がり、再《ふたた》びマスコミのカメラフラッシュ攻撃《こうげき》が始《はじ》まる。体育館中《たいいくかんじゅう》が熱狂《ねっきょう》するその様子《ようす》を、今回《こんかい》の仕掛《しか》け人《にん》である高樹《たかぎ》と長浜美和子《ながはまみわこ》は舞台《ぶたい》の横《よこ》で見《み》ていた。

「いちいちやることがエグいですね、高樹《たかぎ》さん」

と、美和子《みわこ》が呆《あき》れながら言《い》うと、

「あんまほめんなよ」

と、高樹《たかぎ》は鼻高々《はなたかだか》になる。別《べつ》にほめ言葉《ことば》じゃないですよ……と美和子《みわこ》は心《こころ》の中《なか》で突《つ》っ込《こ》みつつ、疑問《ぎもん》に思《おも》っていたことを高樹《たかぎ》に尋《たず》ねた。

「どうしてMUSH《マッシュ》&《アンド》Co.《コー》を秋《あき》さんにプロデュースさせないんですか？」

「……言《い》ったろ？　秋《あき》は悩《なや》んだ方《ほう》がいい曲書《きょくか》くって」

「！」

ニヤリ、と不敵《ふてき》に笑《わら》う高樹《たかぎ》を見《み》て、やはりこの人《ひと》の性格《せいかく》は悪《わる》い……と美和子《みわこ》は思《おも》った。秋《あき》がどれほど理子《りこ》のプロデュースをしたがっているか知《し》っているのに、高樹《たかぎ》はその気持《きも》ちを利用《りよう》して、さらに秋《あき》が悩《なや》むよう追《お》いつめているのだ。

しかも肝心《かんじん》の理子達《りこたち》は、まだ舞台上《ぶたいじょう》で何《なに》が起《お》きたかわからず、茫然《ぼうぜん》としているのに……。

理子《りこ》と祐一《ゆういち》、蒼太《そうた》のデビュー話《ばなし》は、こうしてあっという間《ま》に全国《ぜんこく》に広《ひろ》がった。

ネットニュースの芸能欄《げいのうらん》に、『ペプシNEX《ネックス》の新《しん》CM《シーエム》キャラクターに異例《いれい》の新人起用《しんじんきよう》。プロデュースはCRUDE PLAY《クリュードプレイ》の心也《しんや》』という文字《もじ》がでかでかと映《うつ》っている。

このニュースを一体何万《いったいなんまん》……いや、何十万《なんじゅうまん》という人《ひと》が見《み》ているのだろう？

とうとう理子達《りこたち》の意思《いし》など完全《かんぜん》に無視《むし》して、『MUSH & Co.《マッシュアンドコー》』は新人《しんじん》アーティストとしての道《みち》を走《はし》り出《だ》してしまった。

当然《とうぜん》、そのニュースを自宅《じたく》にいた秋《あき》も見《み》た。理子達《りこたち》のデビューが発表《はっぴょう》されたことも突然《とつぜん》なら、そのプロデューサーとして心也《しんや》の名前《なまえ》が出《で》てしまったことも、秋《あき》にとっては大誤算《だいごさん》だ。

まさかこんなに早《はや》く高樹《たかぎ》に手《て》を打《う》たれてしまうなんて！

こんな形《かたち》で正式発表《せいしきはっぴょう》されてしまったら、秋《あき》にはもう手《て》も足《あし》も出《だ》せない。

秋《あき》がそう愕然《がくぜん》としていると……。

——ガン、ガン、ガン！

と、突然誰《とつぜんだれ》かが玄関《げんかん》を叩《たた》く音《おと》がした。一体何事《いったいなにごと》かとドアを開《ひら》けば、そこにはハアハアと息《いき》を切《き》らし、汗《あせ》だくになった理子《りこ》の姿《すがた》があった。

「え？　今《いま》、記者会見《きしゃかいけん》してるはずじゃ……え？」

「抜《ぬ》け出《だ》してきたんですっ」

「……」

たぶん、記者会見場《きしゃかいけんじょう》となっている体育館《たいいくかん》から慌《あわ》てて持《も》ち出《だ》したのだろう、理子《りこ》の手《て》にはペプシNEX《ネックス》のボトル。しかも靴《くつ》は上履《うわば》きのままだ。

「抜《ぬ》け出《だ》してきたって……どうして」

「なんか、もう、どうしていいかわかんなくて」

「……」

いつもと違《ちが》いひどく弱々《よわよわ》しい声《こえ》の理子《りこ》に、秋《あき》は目《め》をみはった。

だけど理子《りこ》が今感《いまかん》じている不安《ふあん》は、かつて秋《あき》も経験《けいけん》したことがある。

自分《じぶん》の人生《じんせい》が他人《たにん》によって勝手《かって》に決《き》められてしまうような……そんな恐怖《きょうふ》にも似《に》た感覚《かんかく》。

だから秋《あき》は、理子《りこ》を落《お》ち着《つ》かせるように、ポンポンとその両肩《りょうかた》を撫《な》でた。

それから秋《あき》は理子《りこ》を散歩《さんぽ》に誘《さそ》った。

二人《ふたり》で歩《ある》くのは、いつもの隅田川《すみだがわ》の川沿《かわぞ》いの舗道《ほどう》。

いつの間《ま》にか中央大橋《ちゅうおうおおはし》全体《ぜんたい》は黄昏色《たそがれいろ》に染《そ》まり、巨大《きょだい》なシルエットになっていた。

「あたし達《たち》の知《し》らないところで、どんどんデビューの話《はなし》が進《すす》んじゃってて……高樹《たかぎ》さんの言《い》うこともよくわかんなくて」

「理子《りこ》はデビュー、したくないの?」

秋《あき》は理子《りこ》の話《はなし》に熱心《ねっしん》に耳《みみ》を傾《かたむ》けた。

彼女《かのじょ》の不安《ふあん》を拭《ぬぐ》うのは、いつだって自分《じぶん》でありたい。

そう思《おも》ったから。

「デビューっていうか……あたし、ただ歌《うた》うのが好《す》きなだけで……」

理子《りこ》はどうしたらいいのかわからなくなって、しょぼんとうつむいた。

秋《あき》はそんな理子《りこ》を温《あたた》かい眼差《まなざ》しで見《み》つめ、不意《ふい》に立《た》ち止《ど》まる。

「大丈夫《だいじょうぶ》、僕《ぼく》が理子《りこ》の歌《うた》を守《まも》るから」

「?」

「僕《ぼく》が理子《りこ》をプロデュースしたい」

「!」

「僕《ぼく》の歌《うた》を歌《うた》ってほしいんだ」

「……」

「どうかな?」

まっすぐに秋《あき》に見《み》つめられ、理子《りこ》は答《こた》えに詰《つ》まった。だって、高樹《たかぎ》から自分達《じぶんたち》のプロデュースを担当《たんとう》するのは心也《しんや》だと聞《き》かされている。

「嬉《うれ》しい……けど……誰《だれ》がプロデュースとかって、あたしが決《き》められることじゃないし……」

「わかってる。理子《りこ》のための曲《きょく》が完成《かんせい》したら、それ持《も》って高樹《たかぎ》さんと心也《しんや》にちゃんと話《はなし》をするつもり。納得《なっとく》させる自信《じしん》は、ある」

「……」

秋《あき》は力強《ちからづよ》い声《こえ》で断言《だんげん》した。昼間《ひるま》、MUSH《マッシュ》&《アンド》Co.《コー》のデビューが発表《はっぴょう》された時《とき》は、さすがの秋《あき》も弱気《よわき》になりかけた。だけどこんなふうに不安《ふあん》がっている理子《りこ》を見《み》ていたら、自分《じぶん》がしっかりしなくてどうするんだと思《おも》い直《なお》したのだ。

理子《りこ》が秋《あき》を守《まも》ると言《い》ってくれたように、秋《あき》だって大事《だいじ》な理子《りこ》を守《まも》ってやりたい。

「俺《おれ》、一度《いちど》音楽《おんがく》に背《せ》を向《む》けたことがあって、それからずっと苦《くる》しかった」

「……」

「でも、理子《りこ》とならもう一度《いちど》向《む》き合《あ》える気《き》がした。今度《こんど》は逃《に》げたくない」

「……」

さらに理子《りこ》の不安《ふあん》が軽《かる》くなるようにと、秋《あき》は自分《じぶん》の率直《そっちょく》な気持《きも》ちを伝《つた》えた。

「今《いま》さ、音楽《おんがく》がすごく楽《たの》しいんだ」

「…え？」

「理子《りこ》のおかげだよ」

「……」

秋《あき》が本当《ほんとう》に楽《たの》しそうに微笑《ほほえ》んでいるのを見《み》て、理子《りこ》は思《おも》わずクシャリと泣《な》き笑《わら》いの顔《かお》になった。

初《はじ》めて会《あ》った時《とき》、切《せつ》ないメロディを口《くち》ずさむ秋《あき》は、何《なに》かに追《お》い詰《つ》められ、本当《ほんとう》に苦《くる》しそうだった。

だけど、少《すく》なくとも今《いま》、目《め》の前《まえ》にある秋《あき》の笑顔《えがお》は本物《ほんもの》だ。

こんな平凡《へいぼん》な自分《じぶん》でも秋《あき》の役《やく》に立《た》てていたなら、理子《りこ》はそれを誇《ほこ》りに思《おも》う。

「それ、ずっと握《にぎ》ってるけど？」

さらに秋《あき》は理子《りこ》が持《も》つペプシNEX《ネックス》のボトルを指《ゆび》さした。理子《りこ》はボトルの蓋《ふた》をプシュッと開《あ》ける。

「あ、や、つい、ハハ……。あたしフツーにこれ飲《の》んでたから、何《なに》か変《へん》な感《かん》じ。これ、レモンの味《あじ》するんですよね」

「レモン？　そんな味《あじ》したっけ？」

そう尋《たず》ねられ、理子《りこ》はボトルを口《くち》に含《ふく》んだ。シュワシュワとした炭酸《たんさん》が、喉元《のどもと》を通《とお》り過《す》ぎていく。

「ほら、やっぱするよー……って、え？」

次《つぎ》の瞬間《しゅんかん》、理子《りこ》は不意《ふい》をつかれて、秋《あき》にキスされた。

優《やさ》しく、幸《しあわ》せな、キス。

突然《とつぜん》のことに驚《おどろ》いた理子《りこ》だったけど、気《き》づけば必死《ひっし》になって秋《あき》の腕《うで》にしがみついていた。

「……うん、するかな」

「……するよ」

なんだか甘酸《あまず》っぱい気持《きも》ちが次々《つぎつぎ》と胸《むね》から溢《あふ》れて、理子《りこ》の目元《めもと》に幸《しあわ》せの涙《なみだ》がにじんだ。

(あたし、小笠原《おがさわら》さんに会《あ》えてよかった。小笠原《おがさわら》さんが……大好《だいす》き)

静《しず》かに夕日《ゆうひ》が暮《く》れてゆく中《なか》、理子《りこ》はしばらく秋《あき》と二人《ふたり》で橋《はし》の中央《ちゅうおう》に佇《たたず》んでいた。

×　×　×

理子達《りこたち》のMUSH《マッシュ》&《アンド》Co.《コー》のデビューが大々的《だいだいてき》に発表《はっぴょう》された数日後《すうじつご》、ハーストレコーズでは重役会議《じゅうやくかいぎ》が開《ひら》かれた。

期待《きたい》の新人《しんじん》のデビューということだけあって、広《ひろ》い部屋《へや》に大勢《おおぜい》のスタッフがひしめき合《あ》っている。その中《なか》でMUSH《マッシュ》 &《アンド》 Co.《コー》のプロモーション展開《てんかい》の計画《けいかく》を発表《はっぴょう》しているのは美《み》和子《わこ》だ。その横《よこ》では高樹《たかぎ》がつまらなさそうに足《あし》を組《く》んでいる。

「それにならいMUSH《マッシュ》 &《アンド》 Co.《コー》も制服《せいふく》や学校《がっこう》のイメージで親近感《しんきんかん》を売《う》り出《だ》していきたいと思《おも》います」

美和子《みわこ》が次々《つぎつぎ》とプロモーション案《あん》を提案《ていあん》する中《なか》、突然会議室《とつぜんかいぎしつ》のドアが大《おお》きな音《おと》を立《た》てて開《あ》いた。

一瞬場《いっしゅんば》がざわつき、視線《しせん》が入《い》り口《ぐち》に集中《しゅうちゅう》する。入《はい》ってきたのは——秋《あき》だ。

秋《あき》はズカズカと高樹《たかぎ》に近《ちか》づくと『MUSH《マッシュ》 &《アンド》 Co.《コー》デビュー　デモ』と書《か》かれたCD《シーディー》-R《アール》を差《さ》し出《だ》した。そのせいで周《まわ》りのざわめきが、また一段《いちだん》と大《おお》きくなった。

「MUSH《マッシュ》 &《アンド》 Co.《コー》のプロデューサーは心也《しんや》だ。俺《おれ》の話《はなし》を聞《き》いてなかったのか？」

「一回聴《いっかいき》くだけでいい」

「……空気《くうき》の読《よ》めない奴《やつ》だね、相変《あいか》わらず」

秋《あき》は高樹《たかぎ》にCD《シーディー》-R《アール》を無理《むり》やり押《お》しつけた。

自信《じしん》はあった。ここ数日《すうじつ》、秋《あき》が夢中《むちゅう》になって理子《りこ》のために作《つく》った曲《きょく》だ。高樹《たかぎ》も、レコード会社《がいしゃ》の重役達《じゅうやくたち》も、この本気《ほんき》の曲《きょく》を聴《き》けば考《かんが》えを改《あらた》めるに違《ちが》いない……と秋《あき》は信《しん》じた。

そして秋《あき》の予想《よそう》どおり、秋渾身《あきこんしん》の一曲《いっきょく》は、あの高樹《たかぎ》さえ唸《うな》らせる出来栄《できば》えだったのだ。

「ふーん、秋《あき》の奴《やつ》、やるじゃないか……」

重役会議《じゅうやくかいぎ》後《ご》、高樹《たかぎ》は地下駐車場《ちかちゅうしゃじょう》に停《と》めていた自分《じぶん》の車《くるま》の中《なか》で、秋《あき》が作《つく》った曲《きょく》を聴《き》いた。

それは、高樹《たかぎ》が今《いま》まで誰《だれ》にも見《み》せたことがないような高揚《こうよう》した表情《ひょうじょう》。

秋《あき》の作《つく》った曲《きょく》がサビに差《さ》し掛《か》かった瞬間《しゅんかん》、高樹《たかぎ》はようやく待《ま》ち望《のぞ》んでいた最高《さいこう》のものを手《て》に入《い》れたような気《き》がした。

やはり、秋《あき》を追《お》い詰《つ》めて正解《せいかい》だった……。

高樹《たかぎ》にそう確信《かくしん》させるほど、秋《あき》の曲《きょく》は素晴《すば》らしかったのだ。

だが、その直後《ちょくご》に美和子《みわこ》から着信《ちゃくしん》が入《はい》る。

「あ、長浜《ながはま》か？　どうした」

電話《でんわ》の向《む》こうの美和子《みわこ》は、なぜかひどく慌《あわ》てた様子《ようす》だった。

それまで最高《さいこう》の気分《きぶん》だった高樹《たかぎ》は、美和子《みわこ》の話《はなし》を聞《き》いて一転《いってん》、深刻《しんこく》な顔《かお》になる。

「……ん、わかった。まぁ落《お》ち着《つ》けよ。……わかってるよ、やばいってことは。今《いま》そっち戻《もど》るから、取《と》りあえず現物《げんぶつ》送《おく》ってもらえ。本人《ほんにん》には何《なに》も言《い》うなよ」

高樹《たかぎ》はそう美和子《みわこ》に指示《しじ》すると、素早《すばや》く車《くるま》を降《お》りた。

せっかく最高《さいこう》のものを手《て》に入《い》れたのに、それを台無《だいな》しにされたような気分《きぶん》だった。

こうして秋《あき》と理子《りこ》の進《すす》む道《みち》の先《さき》に、早《はや》くも暗雲《あんうん》が立《た》ち込《こ》め始《はじ》めたのだった。


一方《いっぽう》その頃《ころ》、理子《りこ》は祐一《ゆういち》や蒼太《そうた》と一緒《いっしょ》にオフィス・タカギを訪《おとず》れていた。

今日《きょう》はあいにくと雨《あめ》が降《ふ》り続《つづ》いている。だけど秋《あき》に励《はげ》まされて、理子《りこ》は再《ふたた》び頑張《がんば》ってみる気《き》になったのだ。だって、誰《だれ》よりも大切《たいせつ》な恋人《こいびと》に応援《おうえん》されているのだ。ここで頑張《がんば》らなきゃ、女《おんな》がすたる。

「じゃボイトレの後《あと》、そっち合流《ごうりゅう》するね」

「うん」

「レッスンしっかりやれよ！」

「ゆーちゃんもね！」

理子《りこ》は廊下《ろうか》の途中《とちゅう》で、祐一《ゆういち》と蒼太《そうた》と別《わか》れた。理子《りこ》はボイストレーニング、祐一《ゆういち》と蒼太《そうた》は楽器《がっき》の練習《れんしゅう》と、トレーニングメニューが違《ちが》っているからだ。

そして理子《りこ》は自分《じぶん》の教室《きょうしつ》へと向《む》かう途中《とちゅう》、ソファに座《すわ》っている茉莉《まり》を発見《はっけん》した。何《なに》か曲《きょく》を聴《き》いているのか、茉莉《まり》は耳《みみ》にイヤホンを当《あ》てている。

「あ、茉莉《まり》……じゃない、茉莉《まり》さん！」

「マッシュちゃん」

「あたしのこと、知《し》ってるんですか？」

憧《あこが》れの茉莉《まり》を前《まえ》にして、理子《りこ》はすっかり浮足立《うきあしだ》った。あわわっと顔《かお》を真《ま》っ赤《か》にしている理子《りこ》を、茉莉《まり》は上《うえ》から下《した》までじっくりと眺《なが》める。

「……可愛《かわい》い後輩《こうはい》だもの。よかったらココ、座《すわ》らない？」

「そんなそんな！　お邪魔《じゃま》しちゃ悪《わる》いし」

「車《くるま》、待《ま》ってるだけだから」

「え、えーと、じゃあ」

茉莉《まり》に優《やさ》しく声《こえ》をかけられ、理子《りこ》は嬉《うれ》しそうに隣《となり》に座《すわ》った。だけどこの時《とき》、理子《りこ》は知《し》らなかった。茉莉《まり》が綺麗《きれい》な笑顔《えがお》の下《した》で、理子《りこ》に対《たい》し鋭《するど》い敵意《てきい》を向《む》けていたなんて。

「ね、このクリプレの新曲《しんきょく》、すごくいいよね。これ書《か》いた時《とき》、秋《あき》はどんな気持《きも》ちだったのかな」

「?」

茉莉《まり》が外《はず》したイヤホンから漏《も》れ聴《き》こえてくるのは、クリプレの新曲《しんきょく》『サヨナラの準備《じゅんび》は、もうできていた』。

♪わざと雨《あめ》の中《なか》
濡《ぬ》れて待《ま》っていたんだろう

そんな切《せつ》ない歌詞《かし》が、理子《りこ》の耳《みみ》にも入《はい》ってくる。

「サヨナラなんて、バカなコね」

「……」

茉莉《まり》は意味《いみ》ありげにぽつりとつぶやいた。

外《そと》は雨《あめ》。ざあざあという大《おお》きな音《おと》と共《とも》に、雨足《あまあし》はだんだん強《つよ》くなっている。

「……じゃ、頑張《がんば》って。マッシュちゃん」

茉莉《まり》はすらりとソファから立《た》ち上《あ》がると、近《ちか》くのドアから外《そと》へ出《で》ていった。

そこに通《とお》りかかったのは、秋《あき》だ。傘《かさ》を持《も》って歩《ある》いていた秋《あき》は、茉莉《まり》が中《なか》から出《で》てくるのに気《き》づいて、ハッと足《あし》を止《と》める。

「あ」

これが女《おんな》の勘《かん》というやつだろうか。ふと理子《りこ》は嫌《いや》な予感《よかん》を感《かん》じる。

茉莉《まり》は一瞬《いっしゅん》、雨《あめ》の中《なか》で秋《あき》と視線《しせん》を交差《こうさ》させたかと思《おも》うと――スッと自然《しぜん》な仕草《しぐさ》で秋《あき》の傘《かさ》の中《なか》に入《はい》った。秋《あき》と茉莉《まり》の距離《きょり》がほぼ0《ゼロ》になったのをガラス越《ご》しに見《み》て、理子《りこ》の心臓《しんぞう》が勢《いきお》いよく跳《は》ねる。

さらに、茉莉《まり》を迎《むか》えに来《き》ただろう車《くるま》が二人《ふたり》の前《まえ》に横付《よこづ》けされ、ドアが開《ひら》いた。

茉莉《まり》は意味《いみ》ありげに秋《あき》の腰《こし》に手《て》を回《まわ》し、理子《りこ》に向《む》かって不敵《ふてき》な笑《え》みを浮《う》かべる。

鈍《にぶ》い理子《りこ》も、さすがにこの時《とき》、とうとう秋《あき》と茉莉《まり》の関係《かんけい》に気《き》づいてしまった。

「歌《うた》う女《おんな》が嫌《きら》いって……」

理子《りこ》はその場《ば》に棒立《ぼうだ》ちになって、秋《あき》の言葉《ことば》を思《おも》い返《かえ》す。

「歌《うた》う女《おんな》は嫌《きら》い」——それは二人《ふたり》が付《つ》き合《あ》うようになった直後《ちょくご》から、秋《あき》に言《い》われ続《つづ》けた言《こと》葉《ば》だ。

はっきりと聞《き》いたわけじゃないけど、秋《あき》は過去《かこ》「歌《うた》う女《おんな》」に恋《こい》して、ひどく傷《きず》ついたのだ。そのくらいのことは、鈍《にぶ》い理子《りこ》でもとっくにわかっていた。

だけどまさか秋《あき》の好《す》きな女性《じょせい》が、茉莉《まり》だったなんて……！

衝撃《しょうげき》の事実《じじつ》を知《し》って、理子《りこ》の目《め》の前《まえ》は一瞬《いっしゅん》にして真《ま》っ暗《くら》になる。

（……なんだ？）

一方《いっぽう》の秋《あき》も、妙《みょう》に自信満々《じしんまんまん》な態度《たいど》で車《くるま》に乗《の》り込《こ》む茉莉《まり》に強《つよ》い違和感《いわかん》を覚《おぼ》えた。

茉莉《まり》が迎《むか》えの車《くるま》で走《はし》り去《さ》った後《あと》、慌《あわ》てて辺《あた》りを見回《みまわ》して、ようやくガラスの向《む》こう側《がわ》に立《た》つ理子《りこ》に気《き》づく。

だけど理子《りこ》の方《ほう》はと言《い》えば、秋《あき》と目《め》が合《あ》った瞬間《しゅんかん》身《み》をひるがえして、廊下《ろうか》の向《む》こうに走《はし》り去《さ》ってしまった。秋《あき》はそのまま理子《りこ》を追《お》っていいものか、一瞬迷《いっしゅんまよ》った。

……その時《とき》だった。スマホに高樹《たかぎ》から着信《ちゃくしん》が入《はい》ったのは。

結局秋《けっきょくあき》は逃《に》げた理子《りこ》の後《あと》を追《お》えなくて、その場《ば》で舌打《したう》ちした。

秋《あき》の前《まえ》から逃《に》げ出《だ》した理子《りこ》は、レコーディング室《しつ》の片隅《かたすみ》で一人《ひとり》『サヨナラの準備《じゅんび》は、もうできていた』を聴《き》いていた。
イヤホンから聴《き》こえてくる切《せつ》ないメロディ。心《こころ》に突《つ》き刺《さ》さるような悲《かな》しい歌詞《かし》。
それは両方《りょうほう》とも、クリプレのＡＫＩ《アキ》が書《か》いたものだ。

♪わざと雨《あめ》の中《なか》
濡《ぬ》れて待《ま》っていたんだろう
勝負笑顔《しょうぶえがお》で手《て》を振《ふ》って
瞬間《しゅんかん》で恋《こい》に落《お》ちた
僕《ぼく》を君《きみ》はきっと

あざ笑《わら》っていたんだろ

「やっぱり、茉莉《まり》さんのことだ……」
うずくまって曲《きょく》を聴《き》く理子《りこ》の目元《めもと》に、ジワリと熱《あつ》い涙《なみだ》がにじむ。

♪サヨナラの準備《じゅんび》は、もうできていた
いつだって　今《いま》だって　ずっとずっと
僕《ぼく》たちはたしかに輝《かがや》いていた
今《いま》だって　きっときっと
これからも　ずっとずっと
What《ホワット》 a《ア》 glory《グローリー》 days《ディズ》！　最後《さいご》のサヨナラ

この切《せつ》なくて胸《むね》に迫《せま》るバラードは、きっと秋《あき》が茉莉《まり》のために書《か》いた曲《きょく》なのだ。
きっと秋《あき》は本気《ほんき》で茉莉《まり》のことを愛《あい》してる。

愛《あい》してるから、あれほどかたくなに「歌《うた》う女《おんな》は嫌《きら》い」なんて言《い》い張《は》っていたのだ。

――じゃあ、自分《じぶん》は？

隅田川《すみだがわ》の舗道《ほどう》で偶然《ぐうぜん》ナンパされ、その場《ば》の流《なが》れで付《つ》き合《あ》うようになった理子《りこ》は、秋《あき》にとってどんな存在《そんざい》なんだろう？

「……」

理子《りこ》は必死《ひっし》に泣《な》くのを堪《こら》えながら、レコーディング室内《しつない》にある鏡《かがみ》をのぞき込《こ》んだ。

そこに映《うつ》っているのは、特別《とくべつ》キレイでもない、むしろ平凡《へいぼん》な顔立《かおだ》ちをした一人《ひとり》の女子高《じょしこう》校生《こうせい》。

憧《あこが》れの茉莉《まり》と比《くら》べたら、本当《ほんとう》にちっぽけでつまらない存在《そんざい》だ。

もしかしなくても自分《じぶん》は秋《あき》にとって茉莉《まり》以上《いじょう》の存在《そんざい》にはなれないのかもしれない……。

そう思《おも》うと、理子《りこ》の胸《むね》は今《いま》にも引《ひ》きちぎれそうなくらい強《つよ》い痛《いた》みを訴《うった》えるのだった。

雨《あめ》が降《ふ》り続《つづ》く中《なか》、秋《あき》は社長室《しゃちょうしつ》の高樹《たかぎ》を訪《おとず》れた。机《つくえ》の上《うえ》には、秋《あき》が渡《わた》したあのデモテープがある。

「……いい曲《きょく》だったよ。たぶん、今《いま》までで一番《いちばん》」

「じゃあ……！」

「でも残念《ざんねん》だ」

「？」

しかし高樹《たかぎ》から返《かえ》ってきたのは『YES《イエス》』の返事《へんじ》ではなく、発売前《はつばいまえ》のある週刊誌《しゅうかんし》の記事《きじ》。

そこには、秋《あき》と制服《せいふく》の理子《りこ》が中央大橋《ちゅうおうおおはし》でキスしている写真《しゃしん》が載《の》っていた。

「学校《がっこう》の会見《かいけん》の後《あと》、記者《きしゃ》に尾《つ》けられたな」

「⁉」

「これが世《よ》に出《で》るとどうなるか、わかるよな？」

「……」

さすがの秋《あき》も、この記事《きじ》を見《み》た瞬間《しゅんかん》、言葉《ことば》を失《うしな》った。

個々《ここ》の恋愛《れんあい》は自由《じゆう》だ——なんて所詮《しょせん》きれいごと。

デビューを目前《もくぜん》に控《ひか》えた理子《りこ》に、男《おとこ》がらみのスキャンダルが出《で》てしまうなんて致命的《ちめいてき》だ。

特《とく》に生《い》き残《のこ》りが激《はげ》しいこの芸能界《げいのうかい》では、一《ひと》つのスキャンダルで潰《つぶ》れていく歌手《かしゅ》やアーティストなど腐《くさ》るほどいるのだから。

「どうにかしてほしいか」

「……はい」

「……一《ひと》つだけ方法《ほうほう》がある」

高樹《たかぎ》は別《べつ》の封筒《ふうとう》から一枚《いちまい》の写真《しゃしん》を取《と》り出《だ》した。それは秋《あき》と茉莉《まり》が手《て》を繋《つな》いで歩《ある》いている姿《すがた》のスクープ写真《しゃしん》。秋《あき》と茉莉《まり》の顔《かお》がくっきりと写《うつ》っている。

「こいつで取《と》り引《ひ》きする。俺《おれ》が前《まえ》に握《にぎ》り潰《つぶ》したネタだけどな」

「！」

「これでお前《まえ》も芸能人《げいのうじん》だな」

「……」

つまり高樹《たかぎ》は『秋《あき》と理子《りこ》のスクープ写真《しゃしん》』と『秋《あき》と茉莉《まり》のスクープ写真《しゃしん》』を入《い》れ替《か》えると言《い》っているのだ。もちろんそれはクリプレのＡＫＩ《アキ》として、秋《あき》の顔《かお》が世間一般《せけんいっぱん》に知《し》られることを意味《いみ》する。

「茉莉《まり》は……」

「茉莉《まり》にはもう話《はな》してある。納得《なっとく》してくれたよ、条件付《じょうけんつ》きで」

「条件《じょうけん》？」

「理子《りこ》と別《わか》れろって」

「！」

茉莉《まり》が突《つ》き付《つ》けてきた最悪《さいあく》な条件《じょうけん》に、秋《あき》は思《おも》わず小《ちい》さく息《いき》を飲《の》む。

「お前《まえ》にとって大事《だいじ》なのはどっちだ。自分《じぶん》か、それとも理子《りこ》か」

「――」

さらに高樹《たかぎ》に厳《きび》しく問《と》い詰《つ》められ、秋《あき》はぎゅっと握《にぎ》り拳《こぶし》に力《ちから》を込《こ》めた。

何《なに》が大事《だいじ》なのか……なんて、いちいち聞《き》かれなくても答《こた》えはもうとっくに決《き》まってる。

なによりも大事《だいじ》なのは――理子《りこ》だ。理子《りこ》の歌《うた》も、彼女自身《かのじょじしん》も、秋《あき》が守《まも》ると誓《ちか》ったのだ。

だけど……。

(僕《ぼく》は本当《ほんとう》に理子《りこ》と別《わか》れられるのか？)

秋《あき》はなぜか、高樹《たかぎ》に即答《そくとう》できなかった。理子《りこ》と別《わか》れるなんて、考《かんが》えるだけでも嫌《いや》だった。

出会《であ》ったばかりの頃《ころ》とは違《ちが》う。

今《いま》の秋《あき》は誰《だれ》よりも理子《りこ》を必要《ひつよう》としている。理子《りこ》のことが……好《す》きだった。だから自分《じぶん》から彼女《かのじょ》の手《て》を離《はな》す決心《けっしん》が、どうしてもつかなかったのだ。

一方《いっぽう》、そんな大変《たいへん》な事態《じたい》になっているとも知《し》らずに、理子《りこ》はレコーディングスタジオ内《ない》でひたすら落《お》ち込《こ》んでいた。

そこに横《よこ》からスッと水《みず》が差《さ》し出《だ》される。気《き》づけばいつの間《ま》にか心也《しんや》が、理子《りこ》のすぐ隣《となり》まで来《き》ていた。

「あ、あのクリプレの新曲《しんきょく》、すごくいい曲《きょく》ですよねっ。恋心《こいごころ》がすごく胸《むね》に迫《せま》ってくるっていうか……。ほんとに……好《す》きなんだっていうか」

「……」

理子《りこ》は落《お》ち込《こ》んでいることを悟《さと》られまいと、心也《しんや》の前《まえ》で明《あか》るく振《ふ》る舞《ま》おうとする。だけど慌《あわ》てて喋《しゃべ》れば喋《しゃべ》るほど、やっぱり悲《かな》しみが溢《あふ》れてきてしまう。

「ほんとに……好《す》きなんだっていうか……」

「……」

結局悲《けっきょくかな》しげに目《め》を伏《ふ》せたまま、理子《りこ》は黙《だま》り込《こ》んでしまった。もちろん心也《しんや》も理子《りこ》の様子《ようす》がおかしなことには気《き》づいていて、だからこそ彼女《かのじょ》を元気《げんき》づけようと近《ちか》くに立《た》てかけてあったアコースティックギターに手《て》を伸《の》ばした。

「歌《うた》える？」

「……えっ？」

理子《りこ》は心也《しんや》の問《と》いかけに目《め》を丸《まる》くするが、すぐにアコギを手《て》にした彼《かれ》の意図《いと》を察《さっ》する。

「……」

さらに息《いき》を整《ととの》えて、理子《りこ》はアカペラで歌《うた》い始《はじ》めた。大好《だいす》きな歌《うた》を歌《うた》えば、この悲《かな》しい気《き》持《も》ちも、塞《ふさ》ぎ込《こ》んだ気《き》持《も》ちも、全《すべ》て吹《ふ》き飛《と》ばせるような気《き》がしたから。

♪10年後《ねんご》の未来《みらい》のことなんてわかんないよ
ねえ難《むずか》しく考《かんが》えすぎてない？

理子《りこ》が歌《うた》うのは、心也《しんや》が理子《りこ》のために作《つく》ってくれた曲《きょく》『明日《あした》も』。

理子《りこ》のアカペラに合《あ》わせて、心也《しんや》のギターも静《しず》かに流《なが》れ始《はじ》めた。


そのレコーディングスタジオ近《ちか》くの廊下《ろうか》を歩《ある》くのは、社長室《しゃちょうしつ》から出《で》てきたばかりの秋《あき》だ。

秋《あき》は、急《いそ》いで瞬《しゅん》に高樹《たかぎ》が提示《ていじ》した取《と》り引《ひ》きの件《けん》について相談《そうだん》した。

『スキャンダルを逆手《さかて》にとって、ちゃっかり茉莉《まり》の話題作《わだいづく》りか。いかにも高樹《たかぎ》さんの考《かんが》えそうなことだよ。あいつの話《はなし》なんか聞《き》くな。絶対《ぜったい》に断《ことわ》れ』

「でも、そしたら理子《りこ》が……」

いつにもまして弱気《よわき》な秋《あき》を、電話《でんわ》の向《む》こうの瞬《しゅん》は『何言《なにい》ってんだよ』と励《はげ》ます。

『それに、理子《りこ》ちゃんってそこまでしてデビューしたいって思《おも》ってねーんじゃねーの？

そもそも……』

だが瞬《しゅん》と電話《でんわ》している途中《とちゅう》で、秋《あき》は近《ちか》くから歌声《うたごえ》が聴《き》こえるのに気《き》づいた。ハッとしてレコーディングスタジオ内《ない》をのぞき込《こ》めば、そこには心也《しんや》のギターに合《あ》わせて歌《うた》う理子《りこ》がいる。

『おい、聞《き》いてんのか?』

「瞬《しゅん》、また電話《でんわ》する」

『秋《あき》……?』

秋《あき》は瞬《しゅん》との電話《でんわ》を切《き》って、理子《りこ》の歌声《うたごえ》に耳《みみ》を澄《す》ました。ややアップテンポの、理子《りこ》の声《こえ》を活《い》かした明《あか》るい曲《きょく》。

(いい曲《きょく》だ……)

秋《あき》は心也《しんや》の隣《となり》で歌《うた》い続《つづ》ける理子《りこ》を、ただじっと見《み》つめる。

(すごく、いい曲《きょく》だ……)

今《いま》、秋《あき》の胸《むね》を強《つよ》く揺《ゆ》さぶるのは、心也《しんや》が理子《りこ》のためだけに書《か》いたのびやかで快活《かいかつ》なメロディ。それは秋《あき》が理子《りこ》のために書《か》いた曲《きょく》に勝《まさ》るとも劣《おと》らない素晴《すば》らしい出来《でき》だった。

秋《あき》が理子《りこ》を大事《だいじ》に思《おも》うように、心也《しんや》も小枝理子《こえだりこ》という生《う》まれたてのアーティストを、本《ほん》当《とう》に本当《ほんとう》に大事《だいじ》に育《そだ》てようとしている。

理子《りこ》はきっと自分《じぶん》がそばにいなくても――素晴《すば》らしい歌手《かしゅ》になる。

何《なに》よりこの理子《りこ》の歌声《うたごえ》を……才能《さいのう》を、このまま埋《う》まらせていいはずがない。

それに自分《じぶん》は決《き》めたじゃないか。

どんなことをしてでも、理子《りこ》と理子《りこ》の音楽《おんがく》を守《まも》る——と。

そのためにできることは……たった一《ひと》つ。

秋《あき》は悲壮《ひそう》な覚悟《かくご》を決《き》め、ひとり静《しず》かにその場《ば》を立《た》ち去《さ》った。

まるで心臓《しんぞう》が引《ひ》き絞《しぼ》られるような苦《くる》しさを感《かん》じるけれど、今《いま》はそれさえも理子《りこ》を守《まも》るためには必要《ひつよう》な痛《いた》みだった。


前日《ぜんじつ》の雨《あめ》が嘘《うそ》のように、空《そら》は真《ま》っ青《さお》に晴《は》れ渡《わた》っていた。だけどそれとは逆《ぎゃく》に、理子《りこ》の気《き》持《も》ちは塞《ふさ》ぎ込《こ》んだままだ。

「行《い》ってきまーす……」

「おう、行《い》ってこーい」

理子《りこ》は登校《とうこう》するため、とぼとぼと店《みせ》を出《で》ていく。それを見送《みおく》ったのは店主《てんしゅ》である父親《ちちおや》だ。

理子《りこ》は店頭《てんとう》に置《お》かれたテレビの前《まえ》を通《とお》り過《す》ぎ——ようとして、だが信《しん》じられないものを見《み》て足《あし》を止《と》めた。

テレビからは、朝《あさ》のワイドショー番組《ばんぐみ》が流《なが》れている。あるカップルの熱愛発覚《ねつあいはっかく》で、コメンテーターも興奮気味《こうふんぎみ》に話《はな》しているようだ。理子《りこ》はゆっくりと振《ふ》り返《かえ》った。

「お似合《にあ》いのカップルだねーこの二人《ふたり》。よ、美男美女《びなんびじょ》！」

理子《りこ》の視線《しせん》に気《き》づいたのか、父《ちち》が暢気《のんき》にそうコメントした。

だけど理子《りこ》はテレビを見《み》て、その場《ば》で呆然《ぼうぜん》となった。

なぜならテレビで熱愛《ねつあい》と報《ほう》じられているのは——秋《あき》と茉莉《まり》だったからだ。


『茉莉《まり》とクリプレのＡＫＩ《アキ》が交際《こうさい》！』

秋《あき》と茉莉《まり》の熱愛報道《ねつあいほうどう》は、テレビだけでなくスポーツ新聞《しんぶん》、週刊誌《しゅうかんし》、ラジオ、ネットニュースになって、日本全国《にほんぜんこく》に広《ひろ》がった。今《いま》やこの二人《ふたり》の熱愛《ねつあい》を知《し》らない者《もの》は、どこにもいない。

そしてその日《ひ》の放課後《ほうかご》、理子《りこ》は秋《あき》に呼《よ》び出《だ》されて、隅田川《すみだがわ》の舗道《ほどう》へとやってきた。朝《あさ》と夕方《ゆうがた》で時間帯《じかんたい》こそ違《ちが》うものの、初《はじ》めて出会《であ》った時《とき》と同《おな》じように、秋《あき》はラジコンヘリを飛《と》ばしている。秋《あき》は理子《りこ》とは一度《いちど》も目《め》を合《あ》わせないまま、話《はなし》を切《き》り出《だ》した。

「急《きゅう》に呼《よ》び出《だ》してワリ」

「……」

「……もう知《し》ってるよね」

理子《りこ》は泣《な》くのを必死《ひっし》に堪《こら》えながら、コクリとうなずく。

「……ホントなんだ、あの記事《きじ》」

「!? ……ホントって…」

「僕《ぼく》の彼女《かのじょ》は、茉莉《まり》だから」

「――」

理子《りこ》は大《おお》きく目《め》を見開《みひら》いた。本当《ほんとう》はここに来《く》るまで、心《こころ》のどこかで期待《きたい》していた。『あの記事《きじ》はでたらめだよ』と秋《あき》が言《い》ってくれるんじゃないかと……。

なのに理子《りこ》の切実《せつじつ》な願《ねが》いは、あっさりと裏切《うらぎ》られたのだ。

「……あの時《とき》、ひと目惚《めぼ》れって言《い》ったのは……」

「あー、そういえばそんなこと言《い》ったかな。あれね、正直《しょうじき》、誰《だれ》でもよかったんだよね」

「……っ！」

しかも、秋《あき》はひと目《め》惚《ぼ》れの事実《じじつ》さえ簡単《かんたん》に否定《ひてい》してくる。

あれほど優《やさ》しかった秋《あき》が突然別人《とつぜんべつじん》のように冷《つめ》たくなって理子《りこ》は混乱《こんらん》した。

——これは何《なに》かの悪《わる》い夢《ゆめ》？

そう思《おも》いたいのに、辛《つら》い現実《げんじつ》は次々《つぎつぎ》と理子《りこ》の前《まえ》に押《お》し寄《よ》せてくる。

「プロデュースの話《はなし》も、テキトーに励《はげ》ましただけで」

「……何《なん》で、何《なん》で今《いま》さらそんなこと言《い》うんですか」

パラパラとゆっくりラジコンの羽根《はね》が止《と》まり、ヘリコプターは地面《じめん》に着地《ちゃくち》した。

目《め》の前《まえ》の隅田川《すみだがわ》からは、いつものように船《ふね》の汽笛《きてき》が聞《き》こえてくる。

「ほんの気《き》まぐれだよ。もしかして本気《ほんき》にしちゃってた？」

「そんなはず……」

「うっぜーな……」

「！」

さらに低《ひく》い声《こえ》で秋《あき》につぶやかれ、理子《りこ》はびくりと体《からだ》をすくませた。

怖《こわ》かった。理子《りこ》は秋《あき》に嫌《きら》われるのが何《なに》よりも怖《こわ》いのだ。

一方《いっぽう》の秋《あき》はラジコンヘリを手《て》に取《と》ると、今日初《きょうはじ》めて理子《りこ》と正面《しょうめん》から向《む》かい合《あ》った。

いつも優《やさ》しかったはずの眼差《まなざ》しは、今日《きょう》はなぜかまるで色《いろ》がない……ように見《み》える。

「もっとハッキリ言《い》おうか」

「……」

「僕《ぼく》は君《きみ》のことなんて、少《すこ》しも好《す》きじゃない」

「！」

「好《す》きじゃないんだ」

「……っ」

秋《あき》の容赦《ようしゃ》ない言葉《ことば》が、理子《りこ》の胸《むね》の中心《ちゅうしん》を突《つ》き刺《さ》した。すると今《いま》まで耐《た》えに耐《た》えていたはずの涙《なみだ》が、理子《りこ》の目尻《めじり》に盛《も》り上《あ》がる。

「理子《りこ》は理子《りこ》の歌《うた》を歌《うた》え」

「!!」

秋《あき》はその言葉《ことば》を最後《さいご》にして、理子《りこ》の前《まえ》から立《た》ち去《さ》った。

一方的《いっぽうてき》に別《わか》れを告《つ》げられた理子《りこ》は一言《ひとこと》も反論《はんろん》できずに、舗道《ほどう》の真《ま》ん中《なか》で立《た》ち尽《つ》くす。

そしてどんどん小《ちい》さくなっていく秋《あき》の背中《せなか》を見《み》ているうちに、堪《こら》えていたものが一気《いっき》に溢《あふ》れ出《だ》して、理子《りこ》は泣《な》き崩《くず》れた。

秋《あき》が好《す》きだった。

ひと目惚《めぼ》れだった。

彼《かれ》が、クリプレのＡＫＩ《アキ》でもただの小笠原秋《おがさわらあき》でも、理子《りこ》には関係《かんけい》なかった。

ただひどく傷《きず》ついていた彼《かれ》を守《まも》ってあげたいと思《おも》った。

その気持《きも》ちは彼《かれ》に通《つう》じていたのだと思《おも》っていた。

秋《あき》との初《はじ》めてのキスも、彼《かれ》に抱《だ》きしめられたことも、理子《りこ》は鮮明《せんめい》に覚《おぼ》えている。

だけど秋《あき》は理子《りこ》との思《おも》い出全《ですべ》てを切《き》り捨《す》てて、茉莉《まり》を選《えら》んだ。

本当《ほんとう》に愛《あい》してる女性《じょせい》を選《えら》んだのだ。

それは初《はじ》めて人《ひと》を好《す》きになった理子《りこ》にとって、あまりに残酷《ざんこく》すぎる現実《げんじつ》……。

だけどこの時《とき》、理子《りこ》は気《き》づいていなかった。

その残酷《ざんこく》すぎる現実《げんじつ》の裏《うら》に、秋《あき》の悲《かな》しい思《おも》いが秘《ひ》められていたことに――


（振《ふ》り返《かえ》るな……）

理子《りこ》に別《わか》れを告《つ》げ、彼女《かのじょ》の前《まえ》から去《さ》る秋《あき》の顔《かお》も、理子《りこ》と同《おな》じぐらい悲《かな》しみで歪《ゆが》んでいた。

理子《りこ》の泣《な》き声《ごえ》が背中越《せなかご》しに響《ひび》くたび、今《いま》すぐ振《ふ》り返《かえ》って『今《いま》の言葉《ことば》は全部嘘《ぜんぶうそ》だよ』と打《う》ち明《あ》けたくなる。だけどそんなことができるはずもなくて、秋《あき》は歩《ある》く速度《そくど》を上《あ》げた。急《いそ》いで近《ちか》くの路地裏《ろじうら》に隠《かく》れて、その壁《かべ》にもたれかかる。

（理子《りこ》……）

秋《あき》はこれでよかったんだ、全《すべ》ては理子《りこ》のためだったんだと、必死《ひっし》に自分《じぶん》に言《い》い聞《き》かせた。

秋《あき》と別《わか》れることで、理子《りこ》の歌《うた》は守《まも》られる。

秋《あき》さえ理子《りこ》を諦《あきら》めれば、理子《りこ》の素晴《すば》らしい歌声《うたごえ》は日本全国《にほんぜんこく》に届《とど》くのだ。

だから秋《あき》は、この痛《いた》みは仕方《しかた》のないものだと思《おも》った。

けれど秋《あき》は、理子《りこ》を失《うしな》って改《あらた》めて思《おも》い知《し》るのだ。いつの間《ま》にかこんなにも、自分《じぶん》が理子《りこ》を好《す》きになっていたことに。

（理子《りこ》……理子《りこ》……理子《りこ》……っ！）

悲《かな》しみに襲《おそ》われた秋《あき》の目《め》から、大量《たいりょう》の涙《なみだ》がぼろぼろと零《こぼ》れ落《お》ちる。拭《ぬぐ》っても拭《ぬぐ》っても止《と》まらない。

しかも絶望《ぜつぼう》の中《なか》にいるというのに、こんな時《とき》ほど秋《あき》の頭《あたま》の中《なか》には音《おと》が湧《わ》いてくるのだ。

秋《あき》は、思《おも》い浮《う》かんだメロディをスマホに吹《ふ》き込《こ》もうとして——だけどやはり悲《かな》しみにはあらがえなくて、スマホをそのまま壁《かべ》に叩《たた》きつけた。

悔《くや》しかった。

こんな深《ふか》い悲《かな》しみの中《なか》でさえ、音楽《おんがく》にとらわれ続《つづ》ける自分《じぶん》が——

こうして秋《あき》と理子《りこ》は、大《おお》きく動《うご》き始《はじ》めた世界《せかい》の中《なか》で、別《わか》れることになった。

秋《あき》は理子《りこ》を大事《だいじ》に思《おも》うからこそ——最《もっと》も悲《かな》しい決断《けつだん》を下《くだ》したのだった。

5　SONG《ソング》 FOR《フォー》 YOU《ユー》 ～ちっぽけな愛《あい》のうた～

秋《あき》と理子《りこ》が別《わか》れた後《あと》も、二人《ふたり》の周《まわ》りの世界《せかい》はめまぐるしく動《うご》いていった。

まず熱愛報道《ねつあいほうどう》をきっかけにして、AKI《アキ》が恋人《こいびと》の茉莉《まり》の新曲《しんきょく》をプロデュースすることが大々的《だいだいてき》に発表《はっぴょう》された。その記者会見《きしゃかいけん》の席《せき》で、茉莉《まり》は満足《まんぞく》そうに微笑《ほほえ》む。

「新曲《しんきょく》は今《いま》までにないスケールで、AKI《アキ》の愛《あい》の大《おお》きさを感《かん》じますが？」

「……生涯大切《しょうがいたいせつ》にしたい、最高《さいこう》の一曲《いっきょく》です」

茉莉《まり》の答《こた》えを聞《き》いて、記者達《きしゃたち》の間《あいだ》から大《おお》きなどよめきが起《お》こった。茉莉自身《まりじしん》が肯定《こうてい》したことにより、二人《ふたり》の熱愛《ねつあい》はただの噂《うわさ》ではなく真実《しんじつ》となったのだ。二人《ふたり》の熱愛報道《ねつあいほうどう》は、ますます加速《かそく》していった。

その頃《ころ》、理子《りこ》はただひたすら秋《あき》との別《わか》れの悲《かな》しみに耐《た》えていた。

だけど音楽業界《おんがくぎょうかい》で最《もっと》も注目《ちゅうもく》されるＡＫＩ《アキ》と茉莉《まり》の熱愛《ねつあい》ということで、嫌《いや》でもその情報《じょうほう》は耳《みみ》に入《はい》ってくる。理子《りこ》のクラスでは、みんながスマホを手《て》に取《と》りその話題《わだい》で持《も》ち切《き》りだった。

「やっぱ、才能《さいのう》に恋《こい》しちゃうんだろうねー」

「『一年間密《いちねんかんひそ》かに育《はぐく》んできた愛《あい》を、ＡＫＩ《アキ》が茉莉《まり》の曲《きょく》をプロデュースすることで結実《けつじつ》』

……きゃー、カッコよすぎ！」

「っていうかそれよりこれこれ！　ＡＫＩ《アキ》……」

「デブじゃなかった！」

クラスメイトはスマホで秋《あき》の顔《かお》を確認《かくにん》して、またまた黄色《きいろ》い声《こえ》を上《あ》げた。デブだと噂《うわさ》されていたＡＫＩ《アキ》が実際《じっさい》はイケメンだったことが、予想以上《よそういじょう》に嬉《うれ》しいのだろう。

理子《りこ》はいてもたってもいられず、席《せき》から立《た》ち上《あ》がって廊下《ろうか》に逃《に》げた。そんな理子《りこ》を祐一《ゆういち》と蒼太《そうた》も心配《しんぱい》そうに見《み》つめていたけれど、これぱかりはどう慰《なぐさ》めていいのかわからなかった。


過熱報道《かねつほうどう》の一方《いっぽう》の中心《ちゅうしん》にいる秋《あき》はと言《い》えば。

テレビの取材《しゅざい》やインタビューの申《もう》し込《こ》みも全《すべ》て拒否《きょひ》し、自宅《じたく》に閉《と》じこもった。そしてギターを手《て》に取《と》り、朝《あさ》も、昼《ひる》も、夜《よる》も、曲作《きょくづく》りに没頭《ぼっとう》した。すごい速《はや》さでパソコンにデータを打《う》ち込《こ》んでいくその様子《ようす》は、まるで何《なに》かに取《と》り憑《つ》かれたかのよう。

秋《あき》もまた、理子《りこ》との別《わか》れから立《た》ち直《なお》れず、一人苦《ひとりくる》しんでいたのだ。


悲《かな》しみに打《う》ちひしがれる二人《ふたり》は、音楽《おんがく》に没頭《ぼっとう》することで悲《かな》しみを忘《わす》れようとした。

特《とく》に、デビューが近《ちか》い理子《りこ》は、ボイストレーニングやレコーディングなどのメニューを無我夢中《むがむちゅう》でこなした。

バンドの練習《れんしゅう》も続《つづ》けているため、指《ゆび》には痛々《いたいた》しいテーピングが巻《ま》かれている。

デビュー曲《きょく》のレコーディング中《ちゅう》も、喉《のど》をからしながらがむしゃらに歌《うた》った。

だけど理子《りこ》が頑張《がんば》れば頑張《がんば》るほど、その様子《ようす》は周《まわ》りの者《もの》の目《め》には痛々《いたいた》しく映《うつ》ったのだった。

一方《いっぽう》の秋《あき》も、自宅《じたく》の作曲《さっきょく》スペースにこもったまま、膨大《ぼうだい》な数《かず》の曲《きょく》を書《か》き上《あ》げた。

秋《あき》はようやくできた最後《さいご》の曲《きょく》を真《ま》っ白《しろ》なCD《シーディー》に録音《ろくおん》し、その上《うえ》に『R《アール》』と書《か》き込《こ》む。

それからキャップを目深《まぶか》にかぶり、久《ひさ》しぶりに街《まち》に出《で》た。

渋谷《しぶや》のタワーレコード前《まえ》に差《さ》し掛《か》かると、AKI《アキ》の提供《ていきょう》した茉莉《まり》の新曲《しんきょく》の広告《こうこく》が目《め》に入《はい》る。あの熱愛報道《ねつあいほうどう》のおかげで、世界平和《せかいへいわ》をテーマにした茉莉《まり》の新曲《しんきょく》は、ランキング一位《いちい》を獲得《かくとく》した。……が、どれほど世間《せけん》で賞賛《しょうさん》されても、秋《あき》の心《こころ》は空虚《くうきょ》だった。

次《つぎ》に秋《あき》の耳《みみ》に飛《と》び込《こ》んできたのは、街《まち》に流《なが》れる理子《りこ》の歌声《うたごえ》だ。本格的《ほんかくてき》なデビューを目前《もくぜん》にして、MUSH《マッシュ》 &《アンド》 Co.《コー》のプロモーションビデオがスクランブル交差点《こうさてん》の街頭《がいとう》ビジョンで流《なが》されている。

秋《あき》はすでに遠《とお》い存在《そんざい》になってしまった理子《りこ》を、雑踏《ざっとう》の中《なか》から見上《みあ》げた。

街頭《がいとう》ビジョンに映《うつ》る理子《りこ》の瞳《ひとみ》は、誰《だれ》よりもまっすぐ輝《かがや》いて見《み》える。

きっとこの先自分《さきじぶん》がそばにいなくても、理子《りこ》は一人《ひとり》で羽《は》ばたいていけるだろう。

そう感《かん》じた秋《あき》は、喉《のど》の奥《おく》からせり上《あ》がってきた熱《あつ》いものを、必死《ひっし》に飲《の》み込《こ》んで耐《た》えた。

(——ああ、僕《ぼく》の居場所《いばしょ》はもうどこにもない……)

そうして広《ひろ》い空《そら》の下《した》、秋《あき》は再《ふたた》び雑踏《ざっとう》の中《なか》に一人《ひとり》消《き》えていく。

理子《りこ》を失《うしな》った今《いま》、秋《あき》の傷《きず》ついた心《こころ》を癒《いや》してくれる存在《そんざい》など……あるはずもなかった。


数日後《すうじつご》。スタジオでレコーディング中《ちゅう》だった瞬《しゅん》は、高樹《たかぎ》から電話《でんわ》を受《う》け、意外《いがい》な事実《じじつ》を聞《き》かされた。

「えっ、秋《あき》がっ!?」

『まとめて送《おく》ってきたんだ。お前《まえ》んとこにも届《とど》いてんだろ?』

「――」

高樹《たかぎ》に聞《き》かれて、瞬《しゅん》は薫《かおる》や哲平《てっぺい》と一緒《いっしょ》に自分《じぶん》のスマホをチェックした。確《たし》かに高樹《たかぎ》の言《い》うとおり、秋《あき》から大量《たいりょう》の曲《きょく》のデータが送《おく》られてきている。それは、クリプレが秋《あき》なしでも、数年間《すうねんかん》やっていけるほどの曲《きょく》の数《かず》だ。

「こんなにたくさん……」

『あいつ、何考《なにかんが》えてると思《おも》う？』

「……」

高樹《たかぎ》に問《と》われ、瞬《しゅん》は思《おも》わず声《こえ》を詰《つ》まらせた。

秋《あき》がこんなにも大量《たいりょう》の曲《きょく》を作《つく》り、自分達《じぶんたち》に送《おく》りつけてきた意味《いみ》――

秋《あき》との付《つ》き合《あ》いが長《なが》い瞬《しゅん》は、その理由《りゆう》になんとなく気《き》づき始《はじ》めていた。

「もう、あーたのお父《とう》さんに言《い》っとくわ。月島《つきしま》が生《う》んだ大《だい》スターに配達《はいたつ》させせてんじゃねーって」

「ははは」

その頃《ころ》理子《りこ》は、いつものように近所《きんじょ》のおばあさんの家《いえ》に配達《はいたつ》に来《き》ていた。野菜《やさい》を入《い》れた段《だん》ボールを玄関《げんかん》の床《ゆか》に置《お》けば、おばあさんはニコニコと嬉《うれ》しそうに手《て》を振《ふ》る。

「来週《らいしゅう》のデビューライブ、応援《おうえん》に行《い》くからねー！」

「はーい」

理子《りこ》もそれに明《あか》るく答《こた》えて、おばあさんの家《いえ》を出《で》た。メジャーデビューが決《き》まっても決《けっ》して驕《おご》らず、こうして誰《だれ》にでも気《き》さくに接《せっ》するところが理子《りこ》の魅力《みりょく》なのだ。

「……？　あれ？」

配達《はいたつ》から八百屋《やおや》に戻《もど》る途中《とちゅう》、理子《りこ》は秋《あき》の自宅前《じたくまえ》を通《とお》りかかった。なぜか秋《あき》の自宅前《じたくまえ》には大《おお》きな家具《かぐ》が幾《いく》つか、無造作《むぞうさ》に置《お》かれている。玄関《げんかん》に近《ちか》づいて確認《かくにん》したが、どうやらドアに鍵《かぎ》はかかっていないようだ。

「……」

もう一度《いちど》迷《まよ》って、理子《りこ》は忍《しの》び足《あし》で秋《あき》の自宅《じたく》に無断《むだん》で上《あ》がり込《こ》んだ。悪《わる》いことをしているという自覚《じかく》はあったけど、なんだか嫌《いや》な予感《よかん》がしたのだ。

専用《せんよう》のエレベーターを上《あ》がって秋《あき》の部屋《へや》に入《はい》ると、そこは以前《いぜん》とは見違《みちが》えるほど閑散《かんさん》としていた。家具《かぐ》という家具《かぐ》は運《はこ》び出《だ》され、廊下《ろうか》には引《ひ》っ越《こ》し用《よう》の段《だん》ボールが積《つ》まれている。

「……」

理子《りこ》はさらに奥《おく》に入《はい》って、秋《あき》の作曲《さっきょく》スペースに足《あし》を踏《ふ》み入《い》れた。以前《いぜん》よりも物《もの》が減《へ》り、整然《せいぜん》とした部屋《へや》の中《なか》、秋《あき》が大事《だいじ》にしていたベース――スティングレイがスタンドに立《た》てかけてある。理子《りこ》はまるで何《なに》かに引《ひ》き寄《よ》せられるように、スティングレイを手《て》に取《と》った。

その直後《ちょくご》、秋《あき》のパソコンのスクリーンセイバーが、風景写真《ふうけいしゃしん》から秋《あき》の高校時代《こうこうじだい》の写真《しゃしん》に切《き》り替《か》わった。

学《がく》ランを着《き》た秋《あき》が、スティングレイを弾《ひ》きながら、瞬達《しゅんたち》と一緒《いっしょ》に笑《わら》っている。まだクリプレがアマチュアだった頃《ころ》の、楽《たの》しい思《おも》い出《で》なのだろう。

次々《つぎつぎ》と切《き》り替《か》わる明《あか》るい写真《しゃしん》に、理子《りこ》は思《おも》わずクスリと笑《わら》った。

(ああ、あたし、もっと見《み》たかったな……。こんな小笠原《おがさわら》さんの笑顔《えがお》を、もっともっとそばで見《み》ていたかった……)

理子《りこ》はしばらく、スクリーンセイバーに映《うつ》る秋《あき》の高校時代《こうこうじだい》の写真《しゃしん》に見入《みい》った。

それは理子《りこ》が見《み》たことのない、屈託《くったく》のない笑顔《えがお》、笑顔《えがお》、笑顔《えがお》。

そして再《ふたた》び理子《りこ》は思《おも》うのだ。

やっぱり自分《じぶん》は秋《あき》が好《す》きだ。

今《いま》でもこんなに好《す》きなのだ……と。

理子《りこ》は溢《あふ》れる想《おも》いをせき止《と》めようと、ぎゅっとスティングレイを抱《だ》きしめた。だけどむしろそれは逆効果《ぎゃくこうか》で、スティングレイから秋《あき》のぬくもりを感《かん》じて、余計《よけい》涙《なみだ》が出《で》そうになる。

理子《りこ》は必死《ひっし》に歯《は》を食《く》いしばって、泣《な》くのをこらえた。

——その時《とき》だった。玄関《げんかん》から音《おと》がして、秋《あき》が部屋《へや》に帰《かえ》ってきたのは。

理子《りこ》は一瞬《いっしゅん》体《からだ》を強張《こわば》らせるが、秋《あき》は理子《りこ》に気《き》づかないのか、そのまままっすぐキッチンに直行《ちょっこう》して冷蔵庫《れいぞうこ》からミネラルウォーターを取《と》り出《だ》した。が、ふと作曲《さっきょく》スペースに理子《りこ》が立《た》っているのを見《み》て、思《おも》わず手《て》を止《と》める。

「え、理子《りこ》？」

「……」

理子《りこ》は理子《りこ》で、棒立《ぼうだ》ちになったまま秋《あき》を見《み》つめ返《かえ》すことしかできない。

「……小笠原《おがさわら》さん、どこかに行《い》っちゃうんですか？」

「や、これは……」

「行《い》くんですね」

「……」

理子《りこ》はスティングレイを抱《だ》いたままうつむいた。

秋《あき》が自分《じぶん》の目《め》の前《まえ》からいなくなる。

それは理子《りこ》にとって、再《ふた》び胸《むね》を引《ひ》き裂《さ》かれるような衝撃《しょうげき》だった。

(どうして……どうして！　どうして小笠原《おがさわら》さんがいなくなっちゃうんですか⁉)

そう質問《しつもん》したいのに、すでにカノジョでなくなった理子《りこ》に、秋《あき》を問《と》い詰《つ》める資格《しかく》なんかない。たとえ秋《あき》がどこかにいなくなるとしても、それは秋《あき》の勝手《かって》なのだ。

「………っ！」

だから理子《りこ》は、秋《あき》に何《なに》も言《い》えないまま、ほぼ衝動的《しょうどうてき》にスティングレイを持《も》ったままダッシュした。バチン！　とベースのラインが派手《はで》に抜《ぬ》け、シールドを引《ひ》きずったまま理子《りこ》はエレベーターに駆《か》け込《こ》む。

「……はぁぁぁっ⁉」

この突然《とつぜん》の理子《りこ》の行動《こうどう》に、さすがの秋《あき》も驚《おどろ》いた。一瞬反応《いっしゅんはんのう》が遅《おく》れたのも、あまりにその行動《こうどう》が予想外《よそうがい》すぎたからだ。

「ちょ、待《ま》て、理子《りこ》、何《なに》やって……⁉」

秋《あき》は慌《あわ》てて理子《りこ》を追《お》った。だけどエレベーターの扉《とびら》が直前《ちょくぜん》で閉《し》まって、あと一歩《いっぽ》のところで理子《りこ》を取《と》り逃《に》がしてしまう。

もちろんスティングレイを勝手《かって》に持《も》ち出《だ》した理子《りこ》も、混乱《こんらん》していた。

どうしてこんなことをしてしまったのか、自分《じぶん》でもよくわからない。

だけど秋《あき》がいなくなるのかと思《おも》うと胸《むね》が苦《くる》しくて苦《くる》しくて、いてもたってもいられなかったのだ。

もちろん秋《あき》はすぐに理子《りこ》の後《あと》を追《お》ってきた。理子《りこ》は佃島周辺《つくだじましゅうへん》を走《はし》り回《まわ》り、秋《あき》を撒《ま》くために物陰《ものかげ》に隠《かく》れる。

「理子《りこ》、どこにいんだ。俺《おれ》のスティングレイ、返《かえ》せ！」

「……」

その後《ご》もずっと秋《あき》の声《こえ》が聞《き》こえたけれど、理子《りこ》はその場《ば》にしゃがみ込《こ》んだまま動《うご》かなかった。

「……何《なに》やっちゃってんだ、あたし」

理子《りこ》は持《も》ち出《だ》したスティングレイを抱《だ》きしめながら、ただひたすら心《こころ》の中《なか》で謝《あやま》った。

とんでもないことをしてしまったという後悔《こうかい》と共《とも》に　とうとうポロリと一筋《ひとすじ》の涙《なみだ》が目尻《めじり》から零《こぼ》れた。

秋《あき》が理子《りこ》を追《お》い回《まわ》している頃《ころ》、秋《あき》の自宅《じたく》を訪《おとず》れたもう一人《ひとり》の人物《じんぶつ》がいた。

——瞬《しゅん》だ。

瞬《しゅん》は閑散《かんさん》とした部屋《へや》を見回《みまわ》しながら、やっぱりな……と思《おも》う。秋《あき》が大量《たいりょう》の曲《きょく》を送《おく》りつけてきた理由《りゆう》は、どうせこんなことだろうと予想《よそう》していたのだ。

(引《ひ》っ越《こ》し先《さき》は、ロンドン……か)

瞬《しゅん》は積《つ》まれた段《だん》ボールの上《うえ》に置《お》いてあったイギリスの地図《ちず》を手《て》に取《と》る。……と、その間《あいだ》から一枚《いちまい》のCD-R《シーディーアール》がポロリと落《お》ちた。CD-R《シーディーアール》の表《おもて》には『R《アール》』の文字《もじ》。

「……」

瞬《しゅん》がCD《シーディー》-R《アール》を拾《ひろ》い上《あ》げるのと、秋《あき》が部屋《へや》に帰《かえ》ってきたのは、ほぼ同時《どうじ》だった。

ハアハアと息《いき》を切《き》らして帰《かえ》ってきた秋《あき》を見《み》て、瞬《しゅん》は咄嗟《とっさ》にCD《シーディー》-R《アール》を後《うし》ろ手《で》に隠《かく》す。

「よ、よぉ、秋《あき》」

「……瞬《しゅん》、やられた」

「え？」

「理子《りこ》にスティングレイ、パクられた」

「――」

さすがの瞬《しゅん》も、秋《あき》のこの言葉《ことば》には目《め》をみはった。


こうして、衝動的《しょうどうてき》に秋《あき》のベースを持《も》ち出《だ》してしまった理子《りこ》は、深《ふか》い自己嫌悪《じこけんお》に陥《おちい》ることになった。

数日後《すうじつご》、落《お》ち込《こ》む理子《りこ》に話《はな》しかけてきたのは、秋《あき》の親友《しんゆう》である瞬《しゅん》だ。

「よ、秋《あき》のスティングレイ、パクったんだって?」

「瞬《しゅん》さん」

一人《ひとり》レコーディングスタジオで休憩《きゅうけい》していた理子《りこ》は、気《き》まずそうに瞬《しゅん》から目《め》を逸《そ》らす。

自分《じぶん》がどれだけ大胆《だいたん》なことをしてしまったのか、理子自身《りこじしん》が一番《いちばん》わかっているのだ。

「……小笠原《おがさわら》さん、どっか行《い》こうとしてるんです。でも行《い》かないでって言《い》えなくて……」

「誰《だれ》も自分《じぶん》を知《し》らないところで一《いち》から音楽《おんがく》をやり直《なお》すんだって」

「……っ!」

瞬《しゅん》から秋《あき》の決意《けつい》を聞《き》かされ、理《り》子《こ》の顔《かお》がくしゃりと歪《ゆが》んだ。

やっぱり行《い》ってしまう。

秋《あき》は理子《りこ》の手《て》の届《とど》かないところに行《い》ってしまうのだ。

こんなにも大《おお》きく育《そだ》ってしまった理子《りこ》の恋心《こいごころ》を置《お》き去《ざ》りにしたままで。

「そんな顔《かお》すんなよ。あいつ、絶対《ぜったい》もっとすごくなって帰《かえ》ってくるって」

「……」

今《いま》にも泣《な》き出《だ》しそうな理《り》子《こ》を、瞬《しゅん》は優《やさ》しく慰《なぐさ》めた。

なぜなら瞬《しゅん》にはわかっていたのだ。理子《りこ》の気持《きも》ちも、秋《あき》の気持《きも》ちも。

茉莉《まり》との熱愛報道《ねつあいほうどう》のせいで、完全《かんぜん》にすれ違《ちが》ってしまった二人《ふたり》の心《こころ》。

だけど今《いま》でも秋《あき》は理子《りこ》を、理子《りこ》は秋《あき》を、大事《だいじ》に思《おも》っている。

全《すべ》ての事情《じじょう》を知《し》る瞬《しゅん》は、なんとかして二人《ふたり》の力《ちから》になってやりたいと思《おも》った。

「大丈夫《だいじょうぶ》。最近《さいきん》すげーいい顔《かお》するようになったから。昔《むかし》よくしてたみたいな、楽《たの》しそうな顔《かお》」

「え……」

「理子《りこ》ちゃんと出会《であ》ってからだよ」

「！」

瞬《しゅん》の言葉《ことば》を聞《き》いて、理子《りこ》は大《おお》きく目《め》を見開《みひら》く。

「ま、理子《りこ》ちゃんの活躍《かつやく》を見《み》るのが辛《つら》いってのが本音《ほんね》だろーけど、そこまで言《い》わせるのは可哀想《かわいそう》だろ？」

「でも、だって、小笠原《おがさわら》さんはあたしのこと……」

理子《りこ》は首《くび》を横《よこ》に振《ふ》って、瞬《しゅん》の言葉《ことば》を否定《ひてい》しようとする。

だって、あれほどはっきり秋《あき》に言《い》われたのだ。

君《きみ》のことなんか好《す》きじゃない——と。

理子《りこ》は理子《りこ》の歌《うた》を歌《うた》え——と。

あれはつまり、理子《りこ》よりも茉莉《まり》を選《えら》ぶという意味《いみ》だったんじゃないのか。

だが、黙《だま》り込《こ》んでしまった理子《りこ》に向《む》かって、瞬《しゅん》は一枚《いちまい》のCD《シーディー》-R《アール》を差《さ》し出《だ》す。盤上《ばんじょう》には『R《アール》』の文字《もじ》が書《か》かれていた。

「？」

「実《じつ》は、俺《おれ》も秋《あき》の部屋《へや》からパクってきちまった。もらってないタイトルでね。できたばっかの曲《きょく》っぽいんだけど、俺《おれ》にも聴《き》かせねーでロンドンに持《も》ってこうとしてたんだ。……誰《だれ》のキーで書《か》かれてたと思《おも》う？」

「え？」

「これ聴《き》けば、全部《ぜんぶ》わかる。何《なに》がホントで何《なに》が嘘《うそ》か」

「——」

「出発《しゅっぱつ》は来週《らいしゅう》だってさ」

瞬《しゅん》はCD《シーディー》‐R《アール》を理子《りこ》に手渡《てわた》すと、ポンポンと頭《あたま》を撫《な》でてからレコーディングスタジオを出《で》ていった。理子《りこ》は受《う》け取《と》ったCD《シーディー》‐R《アール》を見《み》つめながら、深《ふか》く長《なが》く考《かんが》え込《こ》む。迷《まよ》うけれど、もしかしたらまた傷《きず》つくだけかもしれないけれど、理子《りこ》は知《し》りたいと思《おも》った。『R《アール》』と書《か》かれたこのCD《シーディー》‐R《アール》に込《こ》められた秋《あき》の思《おも》いを――どうしても知《し》りたいと思《おも》った。

理子《りこ》はレコーディングスタジオからの帰《かえ》り、中央大橋《ちゅうおうおおはし》を渡《わた》りながらヘッドフォンを耳《みみ》に当《あ》てた。

秋《あき》と一緒《いっしょ》に見《み》たきれいな夕焼《ゆうや》けが、あの日《ひ》と同《おな》じように理子《りこ》の前《まえ》で広《ひろ》がっている。

理子《りこ》は近《ちか》くの手《て》すりに肘《ひじ》をついて、『R《アール》』と書《か》かれた秋《あき》の曲《きょく》を聴《き》き始《はじ》めた。

ヘッドフォンのおかげで音《おと》は外《そと》に漏《も》れない。

橋《はし》を渡《わた》る人々《ひとびと》は、次々《つぎつぎ》と理子《りこ》の後《うし》ろを通《とお》り過《す》ぎていく。

まず印象的《いんしょうてき》なベースラインのイントロが流《なが》れてきて、美《うつく》しいメロディに乗《の》せた秋《あき》の仮歌《かりうた》が聴《き》こえてきた。

それは、ある一人《ひとり》の女《おんな》の子《こ》に恋《こい》する男《おとこ》の歌《うた》。

曲《きょく》を聴《き》き進《すす》めていくうちに、理子《りこ》の頬《ほお》はだんだん紅潮《こうちょう》していき、次第《しだい》にその目《め》に涙《なみだ》が溢《あふ》れてくる。

『これ聴《き》けば、全部《ぜんぶ》わかるよ。何《なに》がホントなのか』

あの瞬《しゅん》の言葉《ことば》の意味《いみ》が、理子《りこ》にもようやくわかった。

歌《うた》を通《とお》して、切《せつ》ないメロディを通《とお》して、理子《りこ》のハートに直接伝《ちょくせつつた》わる秋《あき》の心《こころ》。

言葉《ことば》に出《だ》せなかった彼《かれ》の気持《きも》ち。

『R《アール》』は理子《りこ》の『R《アール》』。

これは、理子《りこ》のために書《か》かれた曲《きょく》だったのだ。

理子《りこ》は茜色《あかねいろ》の夕日《ゆうひ》に目《め》を細《ほそ》めながら、ぽろぽろと大粒《おおつぶ》の涙《なみだ》を零《こぼ》した。これ以上《いじょう》ないほど激《はげ》しかった鼓動《こどう》が、さらに高《たか》まる。心臓《しんぞう》が破《やぶ》けそうだ。

そして曲《きょく》を聴《き》き終《お》わった後《あと》も、理子《りこ》はいつまでもいつまでも橋《はし》の上《うえ》に佇《たたず》み、秋《あき》が書《か》いてくれた曲《きょく》の余韻《よいん》に浸《ひた》るのだった。

とうとうMUSH《マッシュ》&Co.《アンドコー》のデビューライブ当日《とうじつ》がやってきた。

全国《ぜんこく》のCD《シーディー》ショップにはMUSH《マッシュ》&Co.《アンドコー》の特設《とくせつ》コーナーが作《つく》られ、デビューシングルCD《シーディー》が棚《たな》の最前列《さいぜんれつ》にずらりと並《なら》べられる。

またこの日《ひ》は、秋《あき》が日本《にほん》を離《はな》れ、イギリスへと旅立《たびだ》つ日《ひ》でもあった。前日《ぜんじつ》、秋《あき》は瞬《しゅん》と一緒《いっしょ》に一晩中酒盛《ひとばんじゅうさかも》りをした。ガランとした部屋《へや》の床《ゆか》には、高校時代《こうこうじだい》の写真《しゃしん》が散《ち》らばっている。

朝《あさ》になり、秋《あき》より早《はや》く目覚《めざ》めた瞬《しゅん》は、床《ゆか》でごろ寝《ね》している秋《あき》をまたいで、さっさと帰《かえ》り支度《じたく》を始《はじ》めた。

「……じゃあな、秋《あき》」

瞬《しゅん》はサングラスをかけ、言葉少《ことばすく》なに秋《あき》の部屋《へや》を出《で》ていく。

——『また会《あ》おうぜ』

そんな瞬《しゅん》の意思《いし》を感《かん》じ取《と》った秋《あき》は、床《ゆか》に転《ころ》がったまま、そっと目《め》を開《あ》ける。喉元《のどもと》に込《こ》み上《あ》げてくる微熱《びねつ》と胸《むね》の疼《うず》きを堪《こら》えるように、秋《あき》はしばらくその場《ば》から動《うご》かなかった。

太陽《たいよう》が完全《かんぜん》に昇《のぼ》り切《き》った頃《ころ》、MUSH《マッシュ》 &《アンド》 Co.《コー》のデビューライブ会場《かいじょう》は大勢《おおぜい》の観客《かんきゃく》で埋《う》め尽《つ》くされた。

舞台《ぶたい》となるのは青空《あおぞら》の下《した》のオープンステージ。販売《はんばい》コーナーにはCD《シーディー》やグッズがずらりと並《なら》べられている。

いよいよ司会者《しかいしゃ》のアナウンスが始《はじ》まり、舞台袖《ぶたいそで》で待機《たいき》している理子《りこ》・祐一《ゆういち》・蒼太《そうた》の緊張《きんちょう》も頂点《ちょうてん》に達《たっ》した。

本当《ほんとう》にすごい観客数《かんきゃくすう》だった。さすがの理子《りこ》も、これほど大勢《おおぜい》の前《まえ》で歌《うた》ったことはない。

「……今日《きょう》、何枚《なんまい》のCD《シーディー》が発売《はつばい》されるか知《し》ってるか？」

「え？」

そんな理子達《りこたち》に声《こえ》をかけてきたのは、MUSH《マッシュ》 &《アンド》 Co.《コー》をここまで導《みちび》いてきた高樹《たかぎ》だ。

高樹《たかぎ》は満員《まんいん》の観客席《かんきゃくせき》を見《み》つめながら、理子達三人《りこたちさんにん》に諭《さと》すように話《はな》し始《はじ》める。

「この世《よ》に生《う》まれる全《すべ》ての音楽《おんがく》には、必《かなら》ず誰《だれ》かの想《おも》いとか人生《じんせい》とかが詰《つ》まってる。これから お前《まえ》が歌《うた》う、デビュー曲《きょく》のようにな」

理子達《りこたち》も観客席《かんきゃくせき》に目《め》を移《うつ》し、高樹《たかぎ》の話《はなし》に真剣《しんけん》に耳《みみ》を傾《かたむ》ける。

今《いま》、理子達《りこたち》がここに立《た》っているのは全《すべ》て高樹《たかぎ》のおかげだ。もちろんプロデューサーである彼《かれ》に散々《さんざん》振《ふ》り回《まわ》されたけれど、やっぱり理子《りこ》は、高樹《たかぎ》をすごい人《ひと》だと思《おも》う。

音楽《おんがく》をビジネスとして割《わ》り切《き》りながらも、高樹《たかぎ》はやっぱり音楽《おんがく》を心《こころ》から愛《あい》している。

同《おな》じように音楽《おんがく》を愛《あい》する人間《にんげん》として、その気持《きも》ちだけは無条件《むじょうけん》で信《しん》じられた。

「でもそうやって生《う》まれた音楽《おんがく》の大半《たいはん》が、誰《だれ》からも気《き》づかれることなく、それこそ音《おと》も立《た》てずに消《き》えてく。そもそも、聴《き》いてもらうチャンスさえつかめないんだ」

さらに高樹《たかぎ》が語《かた》るのは、あまりにも厳《きび》しすぎる音楽業界《おんがくぎょうかい》の現実《げんじつ》だ。音楽《おんがく》に夢《ゆめ》をかける人《ひと》がどれだけ多《おお》くても、夢《ゆめ》を叶《かな》えられる人間《にんげん》はほんの一握《ひとにぎ》りなのだ。

「恵《めぐ》まれたデビューに感謝《かんしゃ》しろ。たくさんの想《おも》いをお前《まえ》の声《こえ》にのせて、力《ちから》の限《かぎ》り歌《うた》え」

高樹《たかぎ》の力強《ちからづよ》い励《はげ》ましに、理子《りこ》の心《こころ》も熱《あつ》くなった。

そうだ。こうしてたくさんの人《ひと》に見守《みまも》られながらデビューできる自分達《じぶんたち》は確《たし》かに幸《しあわ》せだ。

だからこそ自分達《じぶんたち》をここまで導《みちび》き、協力《きょうりょく》してくれた高樹《たかぎ》や心也《しんや》、大勢《おおぜい》のスタッフの想《おも》いに応《こた》えなければならない。

理子達《りこたち》は、スタッフ達《たち》に声《こえ》をかけて回《まわ》る高樹《たかぎ》の背中《せなか》に向《む》かって、静《しず》かに一礼《いちれい》した。

「さあお待《ま》たせしました。いよいよMUSH《マッシュ》 & Co.《アンドコー》の登場《とうじょう》です！」

そしていよいよ理子達《りこたち》の名前《なまえ》が呼《よ》ばれ、三人《さんにん》はステージ上《じょう》に躍《おど》り出《で》る。

MUSH《マッシュ》 & Co.《アンドコー》の登場《とうじょう》と共《とも》に、大《おお》きな拍手《はくしゅ》と歓声《かんせい》が響《ひび》いた。

アコースティックギターを手《て》にした理子《りこ》は、満員《まんいん》の観客席《かんきゃくせき》を見渡《みわた》す。そして、期待《きたい》に満《み》ちた観客《かんきゃく》の顔《かお》を目《め》にした瞬間《しゅんかん》、理子《りこ》の頭《あたま》の中《なか》は真《ま》っ白《しろ》になった。

「おい、理子《りこ》……？」

ステージに上《あ》がるなり、突然棒立《とつぜんぼうだ》ち状態《じょうたい》になってしまった理子《りこ》に、祐一《ゆういち》や蒼太《そうた》も慌《あわ》てる。

いつまでも歌《うた》い出《だ》そうとしない理子《りこ》を見《み》て、観客《かんきゃく》もざわめき始《はじ》めた。

「頑張《がんば》れー」

「どうしたの、理子《りこ》ちゃーん」

「……」

理子《りこ》を心配《しんぱい》して、観客席《かんきゃくせき》から次々《つぎつぎ》と応援《おうえん》の声《こえ》が上《あ》がる。それでもやはり理子《りこ》は、歌《うた》い出《だ》そうとしなかった。

真《ま》っ青《さお》な空《そら》の下《した》、その一瞬《いっしゅん》だけまるで時《とき》が止《と》まってしまったかのようだった。

——理子《りこ》がステージに立《た》ったその頃《ころ》。

秋《あき》は空《から》っぽになった部屋《へや》を出《で》るところだった。バルコニーの窓《まど》を開《あ》けると、いつの間《ま》にか植栽《しょくさい》にぶら下《さ》がっていた蝶《ちょう》のさなぎが羽化《うか》しているのが見《み》える。生《う》まれたての蝶《ちょう》はうまく飛《と》べないのか、しわくちゃの羽《はね》をバタバタと動《うご》かして必死《ひっし》にもがいている。

「……飛《と》べ」

だから秋《あき》は、ポツリとつぶやいた。

今生《いまう》まれたばかりの蝶《ちょう》と、ここにはいない理子《りこ》の姿《すがた》を一《ひと》つに重《かさ》ねて。

——飛《と》べ。自分《じぶん》の力《ちから》で。理子《りこ》の歌声《うたごえ》をみんなに聴《き》かせてやれ！

そんな熱《あつ》い思《おも》いを込《こ》めて、秋《あき》はもう一度《いちど》つぶやく。

「……飛《と》べ、理子《りこ》！」

秋《あき》の想《おも》いは遠《とお》く離《はな》れた場所《ばしょ》にいる理子《りこ》にも、確実《かくじつ》に届《とど》いた。
それまでステージ上《じょう》で突《つ》っ立《た》ったままだった理子《りこ》は、一度《いちど》大《おお》きく深呼吸《しんこきゅう》する。
力《ちから》の限《かぎ》り。自分《じぶん》の思《おも》いをこの歌《うた》にのせて。
理子《りこ》は青空《あおぞら》を見上《みあ》げながら淡《あわ》く微笑《ほほえ》むと、アカペラで歌《うた》い出《だ》した。

♪Tomorrow《トゥモロー》 never《ネバー》 knows《ノウズ》
ずっとずっと
Never《ネバー》 give《ギブ》 up《アップ》 on《オン》 my《マイ》 dream《ドリーム》
今《いま》はじけよう

それはMUSH《マッシュ》 &《アンド》 Co.《コー》のために心也《しんや》が書《か》いてくれた曲《きょく》、『明日《あした》も』。

澄《す》み切《き》った理子《りこ》の声《こえ》は一瞬《いっしゅん》で観客《かんきゃく》の心《こころ》をつかみ、生命力溢《せいめいりょくあふ》れるまっすぐな歌声《うたごえ》が会場中《かいじょうじゅう》を支配《しはい》した。

♪10年後《ねんご》の未来《みらい》のことなんてわかんないよ
ねえ難《むずか》しく考《かんが》えすぎてない？

でもね明日《あした》のことなら
ちょっとイメージできるよね
ほら少《すこ》し笑顔《えがお》になれるよ
こわいものなんて何一《なにひと》つないよ
だから行《い》こうよ

さらに曲《きょく》はアップテンポに切《き》り替《か》わり、理子《りこ》は先《さき》ほどまでの緊張《きんちょう》が嘘《うそ》のように、思《おも》いっ切《き》り弾《はじ》ける。

それは新人歌手《しんじんかしゅ》とは思《おも》えないほどの度胸《どきょう》で、堂々《どうどう》とした歌《うた》いっぷりだった。

もちろん観客《かんきゃく》のテンションも一気《いっき》に上《あ》がり、熱《あつ》いコールがあちこちから上《あ》がる。

♪僕《ぼく》たちは　いつかいつか
　きっと大人《おとな》になっていくんだ
　だから今《いま》はじけよう

疾走《しっそう》し始《はじ》めた演奏《えんそう》に合《あ》わせ、理子《りこ》は『明日《あした》も』を力《ちから》の限《かぎ》り歌《うた》い上《あ》げた。

観客《かんきゃく》もスタッフも、もちろん総立《そうだ》ち。

まさに高樹《たかぎ》の言《い》う『天才《てんさい》』誕生《たんじょう》の瞬間《しゅんかん》――

MUSH《マッシュ》 &《アンド》 Co.《コー》を発掘《はっくつ》し、ここまで導《みちび》いてきた高樹《たかぎ》も理子《りこ》のパフォーマンスに満足《まんぞく》した。

「まああだな、心也《しんや》」

「……はい」

高樹《たかぎ》の隣《となり》に立《た》つ心也《しんや》も、少《すこ》しはにかんだような苦笑《くしょう》を浮《う》かべる。

さらに旅立《たびだ》つ秋《あき》に代《か》わりライブ会場《かいじょう》を訪《おとず》れた瞬《しゅん》も、熱狂《ねっきょう》するステージを遠目《とおめ》に見《み》て嬉《うれ》しそうに微笑《ほほえ》んだ。

しかし本当《ほんとう》の始《はじ》まりはここからなのだ。

このデビューライブの成功《せいこう》をきっかけにして、MUSH & Co.《マッシュアンドコー》は一流《いちりゅう》アーティストとしての長《なが》い道《みち》のりを走《はし》り始《はじ》めたのだから。


そしてその成功《せいこう》の裏《うら》で、秋《あき》は何《なに》もなくなってガランとした部屋《へや》で、空《から》になったベースのハードケースを、パタンと静《しず》かに閉《と》じていた。

これで全《すべ》て……終《お》わり。

そう頭《あたま》では納得《なっとく》しつつも、理子《りこ》を失《うしな》った秋《あき》の心《こころ》の乾《かわ》きは増《ま》すばかりで、まるで日照《ひで》った大地《だいち》のようにひび割《わ》れていくのだった。

MUSH《マッシュ》&《アンド》Co.《コー》のデビューライブから数時間後《すうじかんご》。

秋《あき》は空港《くうこう》に向《む》かうタクシーの中《なか》にいた。車窓《しゃそう》から理子《りこ》と出会《であ》った中央大橋《ちゅうおうおおはし》が見《み》えて、ほんの少《すこ》し感傷的《かんしょうてき》な気分《きぶん》になる。そこに、瞬《しゅん》からの着信《ちゃくしん》が入《はい》った。

『……いいライブだった』

「そっか」

理子《りこ》のデビューの瞬間《しゅんかん》を見届《みとど》けられなかった秋《あき》は、瞬《しゅん》の報告《ほうこく》を聞《き》いてホッと息《いき》を吐《は》く。

あの蝶《ちょう》が自分《じぶん》の力《ちから》で飛《と》び立《た》っていったように、きっと理子《りこ》も自分《じぶん》の力《ちから》で未来《みらい》を切《き》り拓《ひら》いていけるだろう。

『スティングレイ、託《たく》されたよ。空港行《くうこうい》く前《まえ》に取《と》りに来《こ》い』

「理子《りこ》は?」

『高樹《たかぎ》さんに打《う》ち上《あ》げに連《つ》れていかれたよ』

「……わかった。今《いま》どこ?」

次《つぎ》の瞬間《しゅんかん》、秋《あき》はタクシーの運転手《うんてんしゅ》に、行先《いきさき》の変更《へんこう》を告《つ》げた。

いつの間《ま》にか、太陽《たいよう》は西《にし》の空《そら》に傾《かたむ》き始《はじ》め、都会《とかい》のビルの壁《かべ》をオレンジ色《いろ》に照《て》らしていた。

瞬《しゅん》が指定《してい》したのは、理子達《りこたち》のデビューライブ会場《かいじょう》となったオープンステージだった。とは言《い》っても、ライブはすでに終《お》わっているため観客《かんきゃく》の姿《すがた》はなく、ステージもスタッフによって解体《かいたい》されている。トレーラーやテントなどが散《ち》らばっているが、どうやら近《ちか》くに誰《だれ》もいないようだ。

「……瞬《しゅん》、どこだ、瞬《しゅん》っ！」

秋《あき》は辺《あた》りを見回《みまわ》しながら、瞬《しゅん》の名《な》を呼《よ》んだ。

するとどこからか、下手《へた》くそなベースの音《おと》が聴《き》こえてくる。

一体誰《いったいだれ》が弾《ひ》いているのかと音《おと》のもとを辿《たど》っていくと……。

(理子《りこ》……!?)

なんと、高樹《たかぎ》に打《う》ち上《あ》げに連《つ》れていかれたはずの理子《りこ》が、ポツンと近《ちか》くのベンチに座《すわ》って秋《あき》のスティングレイを弾《ひ》いていた。その姿《すがた》を見《み》て、秋《あき》は瞬《しゅん》に騙《だま》されたのだと気《き》づく。

「この曲《きょく》……瞬《しゅん》のヤロー」

しかも理子《りこ》が弾《ひ》くこの特徴的《とくちょうてき》なベースラインは、秋《あき》が理子《りこ》のために書《か》いた曲《きょく》の一部《いちぶ》だ。

『R《アール》』と題《だい》したあの曲《きょく》が、いつの間《ま》にか理子《りこ》の手《て》に渡《わた》ってしまっている。その事実《じじつ》を知《し》り、秋《あき》は内心焦《ないしんあせ》った。けれどスティングレイをそのままにはしておけないので、仕方《しかた》なく理子《りこ》に近《ちか》づいていく。

「下手《へた》くそ」

「……っ！」

不機嫌《ふきげん》な声《こえ》で背後《はいご》から話《はな》しかけると、演奏《えんそう》に夢中《むちゅう》だった理子《りこ》もようやく秋《あき》の存在《そんざい》に気《き》づく。理子《りこ》は「あっ」と小《ちい》さく声《こえ》を上《あ》げた後《あと》、眉尻《まゆじり》を下《さ》げて困《こま》ったように苦笑《くしょう》した。

「どーしても、音《おと》がビビっちゃうんです」

「ベースはギターより弦《げん》が太《ふと》いから」

「……」

「……」

「……」

「……」

そして二人《ふたり》の間《あいだ》に長《なが》い沈黙《ちんもく》が続《つづ》く。

まぶしい夕日《ゆうひ》が二人《ふたり》のシルエットを照《て》らし出《だ》す中《なか》、理子《りこ》は不意《ふい》にベンチから立《た》ち上《あ》がると、ボスンッと秋《あき》の胸元《むなもと》を軽《かる》くパンチした。

「あー、もうっ。言《い》いたいことがありすぎて、ぜんっぜん言葉《ことば》にできませんっ」

「……」

わざと明《あか》るく振《ふ》る舞《ま》う健気《けなげ》な理子《りこ》を見《み》て、秋《あき》の胸《むね》がきつく締《し》めつけられた。こんなふうに切《せつ》ない思《おも》いをするとわかっていたからこそ、秋《あき》は理子《りこ》に会《あ》わないままイギリスに旅立《たびだ》つつもりだったのに。

「最後《さいご》に一《ひと》つ聞《き》かせてください」

「……うん」

「小笠原《おがさわら》さんの作《つく》る音楽《おんがく》は、小笠原《おがさわら》さんそのものですか？」

「……」

理子《りこ》の意外《いがい》な質問《しつもん》に、秋《あき》は一瞬《いっしゅん》固《かた》まった。

だけど、その質問《しつもん》の答《こた》えはもう決《き》まっている。

理子《りこ》のもとを去《さ》る自分《じぶん》から贈《おく》れる言葉《ことば》は……たった一《ひと》つなのだ。

「……違《ちが》うよ」

「……」

そう……それは否定《ひてい》の一言《ひとこと》だけだ。

これから彼女《かのじょ》がまっすぐ歩《ある》いていけるように。

自分《じぶん》のことなどすぐに忘《わす》れてしまえるように。

秋《あき》は自分《じぶん》の作《つく》る音楽《おんがく》と自分自身《じぶんじしん》は別物《べつもの》だと、理子《りこ》に告《つ》げた。

「そうですか……」

「……」

しかし否定《ひてい》の言葉《ことば》を返《かえ》されても、理子《りこ》は相変《あいか》わらず笑《わら》っている、いや、それどころか、

「あの、一緒《いっしょ》に弾《ひ》きませんか？」

「……え？」

と、突然秋《とつぜんあき》にスティングレイを押《お》しつけたかと思《おも》うと、今度《こんど》は自分《じぶん》のアコースティック

ギターの準備《じゅんび》を始《はじ》める。その目尻《めじり》に涙《なみだ》がにじんでいるのがわかって、秋《あき》は理子《りこ》の瞳《ひとみ》をまっすぐに見《み》つめた。

「……」

「……」

それ以上《いじょう》の会話《かいわ》はなく、二人《ふたり》の間《あいだ》にひゅう、と緩《ゆる》やかな風《かぜ》が吹《ふ》く。

これで最後《さいご》だから……と、秋《あき》は向《む》かいのテーブルの上《うえ》に腰《こし》を落《お》ち着《つ》けると、理子《りこ》のために書《か》いた曲《きょく》『R《アール》』——正確《せいかく》には『ちっぽけな愛《あい》のうた』という曲《きょく》のイントロを弾《ひ》き始《はじ》めた。

ほんの少《すこ》し変則的《へんそくてき》な、特徴《とくちょう》のあるベースライン。

理子《りこ》は初《はじ》めて聴《き》く秋《あき》のベースの音《おと》に合《あ》わせ、『ちっぽけな愛《あい》のうた』を歌《うた》い始《はじ》めた。

♪いきなり歌《うた》い出《だ》したり
　いきなりキスをしたり
　キミにはたくさん
　「ごめんね」って言《い》わなくちゃね

それは、秋《あき》が理子《りこ》を想《おも》って書《か》いた、秋自身《あきじしん》の想《おも》いを全《すべ》て込《こ》めた曲《きょく》。
でも秋《あき》は本来《ほんらい》、この曲《きょく》を理子《りこ》に聴《き》かせるつもりはなかった。
なぜならこの曲《きょく》の歌詞《かし》には、秋《あき》の本心《ほんしん》が隠《かく》されていたから。

♪失《な》くしちゃうのが怖《こわ》くて
嘘《うそ》ばっかついてしまうボクだけど
でもねキミの前《まえ》では
本当《ほんとう》の自分《じぶん》でいたかったんだ

だけど皮肉《ひにく》にも、この歌《うた》は瞬《しゅん》によって、理子《りこ》の耳《みみ》まで届《とど》くことになってしまった。
おそらく理子《りこ》はもうとっくに気《き》づいているはずだ。
この音楽《おんがく》が、秋《あき》そのものだということに。

♪ボクの存在《そんざい》が
キミの光《ひかり》に影《かげ》を落《お》としてしまうとしても
キミの存在《そんざい》は
誰《だれ》かを照《て》らし続《つづ》けていてほしいんだ
ボクがいてもボクがいなくても
キミはここで輝《かがや》いて

だけど秋《あき》は、自分《じぶん》の作《つく》る音楽《おんがく》と自分自身《じぶんじしん》は別物《べつもの》だと嘘《うそ》をついた。

理子《りこ》につく最後《さいご》の嘘《うそ》だ。

この曲《きょく》を作《つく》った時《とき》に願《ねが》ったように、理子《りこ》には前《まえ》だけを向《む》いて歩《ある》いてもらいたい。

その邪魔《じゃま》をする者《もの》がいたなら、それがたとえ自分《じぶん》であろうと許《ゆる》さない。

だから秋《あき》は理子《りこ》との別《わか》れを決意《けつい》した。

胸《むね》が張《は》り裂《さ》けそうになっても、目元《めもと》が腫《は》れ上《あ》がるほど泣《な》きじゃくっても、それが秋《あき》の愛《あい》し方《かた》だ。

不器用《ぶきよう》で、みっともなくて、どうしようもなく下手《へた》くそな、秋《あき》なりの愛《あい》し方《かた》だ。

♪もっと一緒《いっしょ》に笑《わら》ったり
もっと泣《な》いたりすれば良《よ》かったね
素直《すなお》な想《おも》いにいまさら気《き》づいているんだ

いつもキミを思《おも》っているよ
そこかしこに探《さが》しているよ
キミのその声《こえ》が聴《き》きたいな
今《いま》すぐここで

キミの笑顔《えがお》が
ボクを暗闇《くらやみ》から連《つ》れ出《だ》してくれたんだ
でもボクの横顔《よこがお》は

キミの笑顔《えがお》曇《くも》らせてしまうんだ

キミがいてもキミがいなくても

ボクはここにいられない

秋《あき》が理子《りこ》を思《おも》って作《つく》った曲《きょく》を、理子《りこ》は秋《あき》を思《おも》いながらしっとりと歌《うた》い上《あ》げていく。

この最後《さいご》の時《とき》に、二人《ふたり》の間《あいだ》に言葉《ことば》は不要《ふよう》だった。

互《たが》いの思《おも》いと思《おも》いを、音楽《おんがく》を通《つう》じて確《たし》かめ合《あ》っている。

今《いま》こうして別《わか》れの瞬間《しゅんかん》を……二人《ふたり》で噛《か》みしめている。

「(サヨナラ)」

「……」

曲《きょく》の間奏中《かんそうちゅう》、理子《りこ》は声《こえ》に出《だ》さず、唇《くちびる》だけそう動《うご》かした。

無理《むり》に微笑《ほほえ》む彼女《かのじょ》が痛々《いたいた》しく思《おも》えて、秋《あき》の顔《かお》もくしゃりと崩《くず》れる。

嘘《うそ》ばかりつく僕《ぼく》のことを、カノジョは〝正直《しょうじき》な人《ひと》だ〟って言《い》うんだ。
笑《わら》って僕《ぼく》の嘘《うそ》に気《き》づかぬふりをするカノジョに
――僕《ぼく》は一生《いっしょう》かなわない。

いつの間《ま》にか夕闇《ゆうやみ》が濃《こ》くなり、薄雲《うすぐも》が上空《じょうくう》を渡《わた》る風《かぜ》に吹《ふ》き散《ち》らされていた。

曲《きょく》の演奏《えんそう》を終《お》えた秋《あき》は楽器《がっき》を下《お》ろすと、くるりと理子《りこ》に背《せ》を向《む》けた。

「……じゃ、行《い》くわ」

「……」

そのまま秋《あき》は一度《いちど》も振《ふ》り返《かえ》らず、理子《りこ》の前《まえ》から去《さ》っていく。理子《りこ》は秋《あき》の後《あと》を追《お》うこともできなくて、彼《かれ》の背中《せなか》が小《ちい》さくなっていくのを茫然《ぼうぜん》と見送《みおく》るしかなかった。

そして、秋《あき》の姿《すがた》が完全《かんぜん》に見《み》えなくなり辺《あた》りに誰《だれ》もいなくなった時点《じてん》で、とうとう理子《りこ》も諦《あきら》めて、反対方向《はんたいほうこう》に歩《ある》き出《だ》す。だけど歩《ある》けば歩《ある》くほど、秋《あき》がいなくなってしまったという実感《じっかん》が湧《わ》いてきて、自然《しぜん》と目尻《めじり》から大量《たいりょう》の涙《なみだ》が溢《あふ》れ出《だ》した。

苦《くる》しかった。

悲《かな》しかった。

そして別《わか》れた今《いま》も……秋《あき》が愛《いと》しかった。

理子《りこ》の顔《かお》はくしゃくしゃになり、そのまま大声《おおごえ》で泣《な》き崩《くず》れそうになる。

——が、次《つぎ》の瞬間《しゅんかん》、

「……理子《りこ》」

「！」

不意《ふい》に後《うし》ろから優《やさ》しく名《な》を呼《よ》ばれて、理子《りこ》は反射的《はんしゃてき》に振《ふ》り返《かえ》った。

刹那《せつな》、強《つよ》い力《ちから》で秋《あき》に抱《だ》きしめられる。

秋《あき》の唇《くちびる》と理子《りこ》の唇《くちびる》が、優《やさ》しく、熱《あつ》く、一《ひと》つに重《かさ》なった。

【おわり】

Shogakukan Junior Cinema Bunko

★小学館ジュニアシネマ文庫★

カノジョは嘘を愛しすぎてる

2013年11月25日　初版第1刷発行

著者／宮沢みゆき
原作／青木琴美
脚本／吉田智子・小泉徳宏
監督／小泉徳宏

発行者／丸澤　滋
印刷・製本／加藤製版印刷株式会社
デザイン／水木麻子
編集／中村美喜子

発行所／株式会社　小学館
〒101-8001　東京都千代田区一ツ橋2－3－1
電話　編集　03-3230-5105
販売　03-5281-3555

Printed in Japan　　ISBN 978-4-09-230643-1